The Call of the Wild
La llamada de lo salvaje

Jack London

The Call of the Wild
La llamada de lo salvaje

Texto paralelo bilingüe
Bilingual edition

Ingles - Español
English - Spanish

texto en español, traducido del inglés por Guillermo Tirelli

Rosetta Edu

Título original: *The Call of the Wild*

Primera publicación: 1903

Primera edición: Abril 2023

Publicado por Rosetta Edu
Londres, Abril 2023
www.rosettaedu.com

ISBN: 978-1-915088-63-5

Rosetta Edu
Ediciones bilingües

Páginas enfrentadas
Páginas enfrentadas de la traducción y texto original en libros impresos.

Párrafos alineados en libros impresos
En libros impresos, los párrafos alineados entre los dos idiomas facilitan la comparación y la comprensión, ahorrando la necesidad de referirse constantemente al diccionario.

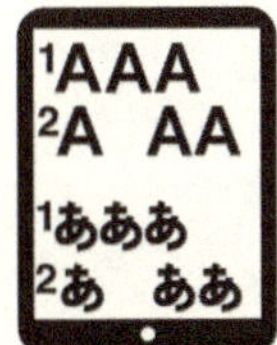

Párrafos enlazados en libros electrónicos
En libros electrónicos la comparación y la comprensión son facilitadas por citas al pie colocadas al principio de cada párrafo enlazando el texto en el idioma original y su traducción.

Integridad y fidelidad
Traducciones íntegras, fieles y no abreviadas del texto original.

Cuidado del vocabulario
Traducciones especiales para ediciones bilingües, con especial cuidado por la hegemonía de vocabulario utilizando glosarios en el proceso de traducción.

Contexto educativo
Ediciones enfocadas a estudiantes intermedios y avanzados del idioma original del texto en libros coleccionables y aptos para el contexto educativo.

INDICE

CHAPTER I — INTO THE PRIMITIVE /
CAPÍTULO I — HACIA LO PRIMITIVO   8-9

CHAPTER II — THE LAW OF CLUB AND FANG /
CAPÍTULO II — LA LEY DEL GARROTE Y EL COLMILLO   28-29

CHAPTER III — THE DOMINANT PRIMORDIAL BEAST /
CAPÍTULO III — LA BESTIA PRIMORDIAL DOMINANTE   44-45

CHAPTER IV — WHO HAS WON TO MASTERSHIP /
CAPÍTULO IV — QUIÉN HA GANADO A LA MAESTRÍA   70-71

CHAPTER V — THE TOIL OF TRACE AND TRAIL /
CAPÍTULO V — EL TRABAJO DE RASTRO Y HUELLA   86-87

CHAPTER VI — FOR THE LOVE OF A MAN /
CAPÍTULO VI — POR EL AMOR DE UN HOMBRE   114-115

CHAPTER VII — THE SOUNDING OF THE CALL /
CAPÍTULO VII — EL SON DE LA LLAMADA   140-141

CHAPTER I — INTO THE PRIMITIVE

"Old longings nomadic leap,
Chafing at custom's chain;
Again from its brumal sleep
Wakens the ferine strain."

Buck did not read the newspapers, or he would have known that trouble was brewing, not alone for himself, but for every tide-water dog, strong of muscle and with warm, long hair, from Puget Sound to San Diego. Because men, groping in the Arctic darkness, had found a yellow metal, and because steamship and transportation companies were booming the find, thousands of men were rushing into the Northland. These men wanted dogs, and the dogs they wanted were heavy dogs, with strong muscles by which to toil, and furry coats to protect them from the frost.

Buck lived at a big house in the sun-kissed Santa Clara Valley. Judge Miller's place, it was called. It stood back from the road, half hidden among the trees, through which glimpses could be caught of the wide cool veranda that ran around its four sides. The house was approached by gravelled driveways which wound about through wide-spreading lawns and under the interlacing boughs of tall poplars. At the rear things were on even a more spacious scale than at the front. There were great stables, where a dozen grooms and boys held forth, rows of vine-clad servants' cottages, an endless and orderly array of outhouses, long grape arbors, green pastures, orchards, and berry patches. Then there was the pumping plant for the artesian well, and the big cement tank where Judge Miller's boys took their morning plunge and kept cool in the hot afternoon.

And over this great demesne Buck ruled. Here he was born, and here he had lived the four years of his life. It was true, there were other dogs, There could not but be other dogs on so vast a place, but they did not count. They came and went, resided in the populous kennels, or lived obscurely in the recesses of the house after the fashion of Toots, the Japanese pug, or Ysabel, the Mexican hairless,—strange creatures that rarely put nose out of doors or set foot to ground. On

CAPÍTULO I — HACIA LO PRIMITIVO

«Los viejos anhelos saltan nómadas
rozando la cadena de la costumbre;
De nuevo, de su sueño brumoso,
despierta la ferina tensión».

Buck no leía los periódicos, o habría sabido que se avecinaban problemas, no sólo para él, sino para todos los perros de agua, fuertes de músculos y de pelo largo y abrigado, desde Puget Sound hasta San Diego. Porque los hombres, buscando a tientas en la oscuridad ártica, habían encontrado un metal amarillo, y porque las compañías de barcos de vapor y de transporte estaban haciendo alarde del hallazgo, miles de hombres se abalanzaban sobre las tierras del norte. Estos hombres querían perros, y los perros que querían eran perros pesados, con músculos fuertes con los que trabajar y pelajes que les protegieran de las heladas.

Buck vivía en una gran casa en el soleado valle de Santa Clara. «La casa del Juez Miller» era llamada. Estaba apartada de la carretera, medio oculta entre los árboles, a través de los cuales se podían vislumbrar la amplia y fresca veranda que la rodeaba por los cuatro costados. A la casa se accedía por caminos de grava que serpenteaban a través de amplios céspedes y bajo las entrelazadas ramas de altos álamos. En la parte trasera las cosas eran aún más espaciosas que en la parte delantera. Había grandes establos, donde una docena de mozos de cuadra y muchachos ejercían su oficio, hileras de casitas de servicio revestidas de enredaderas, una interminable y ordenada serie de dependencias, largos parrales, verdes pastos, huertos y campos de bayas. También estaba la planta de bombeo del pozo artesiano y el gran tanque de cemento donde los niños del Juez Miller se daban su chapuzón matutino y se mantenían frescos en las calurosas tardes.

Y sobre este gran dominio gobernaba Buck. Aquí había nacido y aquí había vivido los cuatro años de su vida. Era cierto, había otros perros, no podía sino haber otros perros en un lugar tan vasto, pero no contaban. Iban y venían, residían en las populosas casetas o vivían oscuramente en los recovecos de la casa a la manera de Toots, el carlino japonés, o Ysabel, la mexicana sin pelo, extrañas criaturas que rara vez sacaban la nariz o ponían pie a tierra. Por otro lado, estaban los fox terriers, una

the other hand, there were the fox terriers, a score of them at least, who yelped fearful promises at Toots and Ysabel looking out of the windows at them and protected by a legion of housemaids armed with brooms and mops.

But Buck was neither house-dog nor kennel-dog. The whole realm was his. He plunged into the swimming tank or went hunting with the Judge's sons; he escorted Mollie and Alice, the Judge's daughters, on long twilight or early morning rambles; on wintry nights he lay at the Judge's feet before the roaring library fire; he carried the Judge's grandsons on his back, or rolled them in the grass, and guarded their footsteps through wild adventures down to the fountain in the stable yard, and even beyond, where the paddocks were, and the berry patches. Among the terriers he stalked imperiously, and Toots and Ysabel he utterly ignored, for he was king,—king over all creeping, crawling, flying things of Judge Miller's place, humans included.

His father, Elmo, a huge St. Bernard, had been the Judge's inseparable companion, and Buck bid fair to follow in the way of his father. He was not so large,—he weighed only one hundred and forty pounds,—for his mother, Shep, had been a Scotch shepherd dog. Nevertheless, one hundred and forty pounds, to which was added the dignity that comes of good living and universal respect, enabled him to carry himself in right royal fashion. During the four years since his puppyhood he had lived the life of a sated aristocrat; he had a fine pride in himself, was even a trifle egotistical, as country gentlemen sometimes become because of their insular situation. But he had saved himself by not becoming a mere pampered house-dog. Hunting and kindred outdoor delights had kept down the fat and hardened his muscles; and to him, as to the cold-tubbing races, the love of water had been a tonic and a health preserver.

And this was the manner of dog Buck was in the fall of 1897, when the Klondike strike dragged men from all the world into the frozen North. But Buck did not read the newspapers, and he did not know that Manuel, one of the gardener's helpers, was an undesirable acquaintance. Manuel had one besetting sin. He loved to play Chinese lottery. Also, in his gambling, he had one besetting weakness—faith in a system; and this made his damnation certain. For to play a system requires money, while the wages of a gardener's helper do not

veintena de ellos al menos, que aullaban temerosas promesas a Toots e Ysabel asomados a las ventanas y protegidos por una legión de criadas armadas con escobas y fregonas.

Pero Buck no era ni perro de casa ni de caseta. Todo el reino era suyo. Se zambullía en el tanque de natación o salía de caza con los hijos del Juez; escoltaba a Mollie y Alice, las hijas del Juez, en largos paseos crepusculares o mañaneros; en las noches de invierno se echaba a los pies del Juez ante el crepitante fuego de la biblioteca; cargaba a los nietos del Juez a la espalda, o los revolcaba en la hierba, y vigilaba sus pasos a través de aventuras salvajes hasta la fuente del patio del establo, e incluso más allá, donde estaban los prados y los campos de bayas. Entre los terriers acechaba imperiosamente, y a Toots e Ysabel los ignoraba por completo, pues él era el rey... el rey sobre todas las cosas rastreras, reptantes y voladoras del terreno del Juez Miller, incluidos los humanos.

Su padre, Elmo, un enorme San Bernardo, había sido el compañero inseparable del Juez, y Buck parecía seguir el camino de su padre. Él no era tan grande —sólo pesaba ciento cuarenta libras—, pues su madre, Shep, había sido una perra pastor escocesa. Sin embargo, las ciento cuarenta libras, a las que se añadía la dignidad que dan la buena vida y el respeto universal, le permitían desenvolverse con toda realeza. Durante los cuatro años transcurridos desde que era un cachorro había vivido la vida de un aristócrata saciado; tenía un fino orgullo de sí mismo, era incluso un poco egoísta, como a veces se vuelven los caballeros del campo debido a su situación insular. Pero se había salvado de convertirse en un mero perro doméstico mimado. La caza y los placeres afines al aire libre habían mantenido baja la grasa y endurecido sus músculos; y para él, al igual que en las carreras de agua fría, el amor por el agua había sido un tónico y un conservador de la salud.

Y así era Buck, el perro, en el otoño de 1897, cuando la huelga del Klondike arrastró a hombres de todo el mundo al helado Norte. Pero Buck no leía los periódicos y no sabía que Manuel, uno de los ayudantes del jardinero, era un conocido indeseable. Manuel cometía un pecado fatal. Le encantaba jugar a la lotería china. Además, en su juego, tenía una debilidad fatal: la fe en un sistema; y esto hizo que su condenación fuera segura. Porque para jugar según un sistema hace falta dinero, mientras que el salario de un ayudante de jardinero no alcanza para cu-

lap over the needs of a wife and numerous progeny.

The Judge was at a meeting of the Raisin Growers' Association, and the boys were busy organizing an athletic club, on the memorable night of Manuel's treachery. No one saw him and Buck go off through the orchard on what Buck imagined was merely a stroll. And with the exception of a solitary man, no one saw them arrive at the little flag station known as College Park. This man talked with Manuel, and money chinked between them.

"You might wrap up the goods before you deliver 'm," the stranger said gruffly, and Manuel doubled a piece of stout rope around Buck's neck under the collar.

"Twist it, an' you'll choke 'm plentee," said Manuel, and the stranger grunted a ready affirmative.

Buck had accepted the rope with quiet dignity. To be sure, it was an unwonted performance: but he had learned to trust in men he knew, and to give them credit for a wisdom that outreached his own. But when the ends of the rope were placed in the stranger's hands, he growled menacingly. He had merely intimated his displeasure, in his pride believing that to intimate was to command. But to his surprise the rope tightened around his neck, shutting off his breath. In quick rage he sprang at the man, who met him halfway, grappled him close by the throat, and with a deft twist threw him over on his back. Then the rope tightened mercilessly, while Buck struggled in a fury, his tongue lolling out of his mouth and his great chest panting futilely. Never in all his life had he been so vilely treated, and never in all his life had he been so angry. But his strength ebbed, his eyes glazed, and he knew nothing when the train was flagged and the two men threw him into the baggage car.

The next he knew, he was dimly aware that his tongue was hurting and that he was being jolted along in some kind of a conveyance. The hoarse shriek of a locomotive whistling a crossing told him where he was. He had travelled too often with the Judge not to know the sensation of riding in a baggage car. He opened his eyes, and into them came the unbridled anger of a kidnapped king. The man sprang for his throat, but Buck was too quick for him. His jaws closed on the

brir las necesidades de una esposa y una prole numerosa.

El Juez estaba en una reunión de la Asociación de Productores de Vino, y los muchachos estaban ocupados organizando un club de atletismo, en la memorable noche de la traición de Manuel. Nadie les vio a él y a Buck alejarse por el huerto en lo que Buck imaginó que era un simple paseo. Y con la excepción de un hombre solitario, nadie les vio llegar a la pequeña estación de banderas conocida como College Park. Este hombre habló con Manuel, y entre ellos tintineó el dinero.

«Podrías envolver la mercancía antes de entregarla», dijo bruscamente el desconocido, y Manuel dobló un trozo de cuerda resistente alrededor del cuello de Buck, por debajo del collar.

«Retuérzala más y lo ahogarás, pero bueno», dijo Manuel, y el desconocido gruñó una rápida afirmativa.

Buck había aceptado la cuerda con tranquila dignidad. Sin duda, era un acto poco habitual: pero había aprendido a confiar en los hombres que conocía y a darles crédito por una sabiduría que superaba la suya propia. Pero cuando los cabos de la cuerda fueron colocados en las manos del desconocido, gruñó amenazadoramente. Se había limitado a insinuar su desagrado, pues en su orgullo creía que insinuar era mandar. Pero para su sorpresa la cuerda se tensó alrededor de su cuello, cortándole la respiración. Con rápida rabia se abalanzó sobre el hombre, que se encontró con él a medio camino, le agarró por el cuello y con un hábil giro le tiró de espaldas. Entonces la cuerda se tensó sin piedad, mientras Buck luchaba con furia, con la lengua fuera de la boca y su gran pecho jadeando inútilmente. Nunca en toda su vida había sido tratado tan vilmente, y nunca en toda su vida había estado tan furioso. Pero sus fuerzas menguaron, sus ojos se vidriaron y no supo qué ocurrió cuando el tren se detuvo y los dos hombres le arrojaron al vagón de equipaje.

Lo siguiente que supo fue que era vagamente consciente de que le dolía la lengua y de que le estaban sacudiendo en algún tipo de medio de transporte. El chillido ronco de una locomotora silbando por un cruce le indicó dónde se encontraba. Había viajado demasiadas veces con el Juez como para no conocer la sensación de viajar en un vagón de equipaje. Abrió los ojos y en ellos apareció la ira desatada de un rey secuestrado. El hombre se lanzó a por su garganta, pero Buck fue demasiado

hand, nor did they relax till his senses were choked out of him once more.

"Yep, has fits," the man said, hiding his mangled hand from the baggageman, who had been attracted by the sounds of struggle. "I'm takin' 'm up for the boss to 'Frisco. A crack dog-doctor there thinks that he can cure 'm."

Concerning that night's ride, the man spoke most eloquently for himself, in a little shed back of a saloon on the San Francisco water front.

"All I get is fifty for it," he grumbled; "an' I wouldn't do it over for a thousand, cold cash."

His hand was wrapped in a bloody handkerchief, and the right trouser leg was ripped from knee to ankle.

"How much did the other mug get?" the saloon-keeper demanded.

"A hundred," was the reply. "Wouldn't take a sou less, so help me."

"That makes a hundred and fifty," the saloon-keeper calculated; "and he's worth it, or I'm a squarehead."

The kidnapper undid the bloody wrappings and looked at his lacerated hand. "If I don't get the hydrophoby—"

"It'll be because you was born to hang," laughed the saloon-keeper. "Here, lend me a hand before you pull your freight," he added.

Dazed, suffering intolerable pain from throat and tongue, with the life half throttled out of him, Buck attempted to face his tormentors. But he was thrown down and choked repeatedly, till they succeeded in filing the heavy brass collar from off his neck. Then the rope was removed, and he was flung into a cagelike crate.

There he lay for the remainder of the weary night, nursing his wrath and wounded pride. He could not understand what it all meant. What did they want with him, these strange men? Why were they keeping

rápido para él. Sus mandíbulas se cerraron sobre la mano, y no se relajaron hasta que sus sentidos volvieron a quedar ahogados.

«Sí, tiene ataques», dijo el hombre, ocultando su mano destrozada al encargado del equipaje, que había sido atraído por los sonidos de lucha. «Me lo llevo para el jefe a 'Frisco. Un médico de perros de allí cree que puede curarle».

Sobre el paseo de esa noche, el hombre habló con la mayor elocuencia por sí mismo, en un pequeño cobertizo detrás de un salón en el paseo marítimo de San Francisco.

«Todo lo que conseguí son cincuenta por él», refunfuñó; «y no lo volvería a hacer ni por mil, en efectivo».

Tenía la mano envuelta en un pañuelo ensangrentado y la pernera derecha del pantalón desgarrada desde la rodilla hasta el tobillo.

«¿Cuánto se llevó el otro rufián?», preguntó el tabernero.

«Cien», fue la respuesta. «No quería ni un céntimo menos».

«Eso hace ciento cincuenta», calculó el tabernero; «y lo vale, o soy un cabeza cuadrada».

El secuestrador deshizo el envoltorio ensangrentado y se miró la mano lacerada. «Si no agarro la rabia...».

«Será porque naciste para ser ahorcado», rió el tabernero. «Toma, échame una mano antes de tirar de tu carga», añadió.

Aturdido, sufriendo un dolor intolerable de garganta y lengua, con la vida a medio estrangular, Buck intentó enfrentarse a sus torturadores. Pero le tiraron al suelo y le asfixiaron repetidamente, hasta que consiguieron limarle el pesado collar de bronce del cuello. Entonces le quitaron la cuerda y lo arrojaron a un cajón parecido a una jaula.

Allí permaneció tumbado el resto de la fatigosa noche, alimentando su ira y su orgullo herido. No podía entender lo que significaba todo aquello. ¿Qué querían de él estos hombres extraños? ¿Por qué le man-

him pent up in this narrow crate? He did not know why, but he felt oppressed by the vague sense of impending calamity. Several times during the night he sprang to his feet when the shed door rattled open, expecting to see the Judge, or the boys at least. But each time it was the bulging face of the saloon-keeper that peered in at him by the sickly light of a tallow candle. And each time the joyful bark that trembled in Buck's throat was twisted into a savage growl.

But the saloon-keeper let him alone, and in the morning four men entered and picked up the crate. More tormentors, Buck decided, for they were evil-looking creatures, ragged and unkempt; and he stormed and raged at them through the bars. They only laughed and poked sticks at him, which he promptly assailed with his teeth till he realized that that was what they wanted. Whereupon he lay down sullenly and allowed the crate to be lifted into a wagon. Then he, and the crate in which he was imprisoned, began a passage through many hands. Clerks in the express office took charge of him; he was carted about in another wagon; a truck carried him, with an assortment of boxes and parcels, upon a ferry steamer; he was trucked off the steamer into a great railway depot, and finally he was deposited in an express car.

For two days and nights this express car was dragged along at the tail of shrieking locomotives; and for two days and nights Buck neither ate nor drank. In his anger he had met the first advances of the express messengers with growls, and they had retaliated by teasing him. When he flung himself against the bars, quivering and frothing, they laughed at him and taunted him. They growled and barked like detestable dogs, mewed, and flapped their arms and crowed. It was all very silly, he knew; but therefore the more outrage to his dignity, and his anger waxed and waxed. He did not mind the hunger so much, but the lack of water caused him severe suffering and fanned his wrath to fever-pitch. For that matter, high-strung and finely sensitive, the ill treatment had flung him into a fever, which was fed by the inflammation of his parched and swollen throat and tongue.

He was glad for one thing: the rope was off his neck. That had given them an unfair advantage; but now that it was off, he would show them. They would never get another rope around his neck. Upon that

tenían encerrado en este estrecho cajón? No sabía por qué, pero se sentía oprimido por la vaga sensación de una calamidad inminente. Varias veces durante la noche se puso en pie de un salto cuando la puerta del cobertizo se abrió con estrépito, esperando ver al Juez, o al menos a los muchachos. Pero cada vez era el abultado rostro del tabernero el que se asomaba hacia él a la enfermiza luz de una vela de sebo. Y cada vez el alegre ladrido que temblaba en la garganta de Buck se convertía en un gruñido salvaje.

Pero el tabernero le dejó en paz, y por la mañana entraron cuatro hombres y recogieron el cajón. Más atormentadores, decidió Buck, pues eran criaturas de aspecto malvado, harapientas y desaliñadas; y se ensañó con ellos a través de los barrotes. Ellos sólo se rieron y le clavaron palos, que él rápidamente atacó con los dientes hasta que se dio cuenta de que eso era lo que querían. Entonces se tumbó hoscamente y permitió que subieran el cajón a un vagón. Entonces él, y la caja en la que estaba aprisionado, comenzaron un pasaje por muchas manos. Los empleados de la oficina de correos se hicieron cargo de él; fue transportado en otro vagón; un camión lo llevó, con un surtido de cajas y paquetes, a un vapor transbordador; fue bajado del vapor a un gran depósito ferroviario, y finalmente fue depositado en un vagón de correos.

Durante dos días y dos noches este vagón expreso fue arrastrado a la cola de locomotoras chillonas; y durante dos días y dos noches Buck ni comió ni bebió. En su ira había respondido a los primeros avances de los mensajeros del expreso con gruñidos, y ellos se habían vengado burlándose de él. Cuando se arrojó contra los barrotes, temblando y echando espumarajos, se rieron de él y se burlaron. Gruñían y ladraban como perros detestables, maullaban, agitaban los brazos y cacareaban. Era todo muy tonto, lo sabía; pero por ello ultrajaba aún más su dignidad, y su ira crecía y crecía. No le importaba tanto el hambre, pero la falta de agua le causaba un gran sufrimiento y avivaba su ira hasta el punto de fiebre. En efecto, nervioso y finamente sensible, los malos tratos le habían sumido en una fiebre alimentada por la inflamación de su garganta y lengua resecas e hinchadas.

Se alegró por una cosa: la cuerda ya no estaba alrededor de su cuello. Eso les había dado una ventaja injusta; pero ahora que estaba fuera, les enseñaría. Nunca volverían a ponerle la soga al cuello. Eso estaba deci-

he was resolved. For two days and nights he neither ate nor drank, and during those two days and nights of torment, he accumulated a fund of wrath that boded ill for whoever first fell foul of him. His eyes turned blood-shot, and he was metamorphosed into a raging fiend. So changed was he that the Judge himself would not have recognized him; and the express messengers breathed with relief when they bundled him off the train at Seattle.

Four men gingerly carried the crate from the wagon into a small, high-walled back yard. A stout man, with a red sweater that sagged generously at the neck, came out and signed the book for the driver. That was the man, Buck divined, the next tormentor, and he hurled himself savagely against the bars. The man smiled grimly, and brought a hatchet and a club.

"You ain't going to take him out now?" the driver asked.

"Sure," the man replied, driving the hatchet into the crate for a pry.

There was an instantaneous scattering of the four men who had carried it in, and from safe perches on top the wall they prepared to watch the performance.

Buck rushed at the splintering wood, sinking his teeth into it, surging and wrestling with it. Wherever the hatchet fell on the outside, he was there on the inside, snarling and growling, as furiously anxious to get out as the man in the red sweater was calmly intent on getting him out.

"Now, you red-eyed devil," he said, when he had made an opening sufficient for the passage of Buck's body. At the same time he dropped the hatchet and shifted the club to his right hand.

And Buck was truly a red-eyed devil, as he drew himself together for the spring, hair bristling, mouth foaming, a mad glitter in his blood-shot eyes. Straight at the man he launched his one hundred and forty pounds of fury, surcharged with the pent passion of two days and nights. In mid air, just as his jaws were about to close on the man, he received a shock that checked his body and brought his

dido. Durante dos días y dos noches no comió ni bebió, y durante esos dos días y noches de tormento, acumuló un fondo de ira que presagiaba mal para quien primero cayera en sus garras. Sus ojos se volvieron sanguinolentos y él se metamorfoseó en un furioso demonio. Tan cambiado estaba que el propio Juez no le habría reconocido; y los mensajeros del expreso respiraron aliviados cuando le bajaron del tren en Seattle.

Cuatro hombres cargaron con cautela la caja desde el vagón hasta un pequeño patio trasero de paredes altas. Un hombre corpulento, con un jersey rojo abierto generosamente por el cuello, salió y firmó el libro para el conductor. Ese era el hombre, adivinó Buck, el próximo atormentador, y se lanzó salvajemente contra los barrotes. El hombre sonrió sombríamente y trajo un hacha y un garrote.

«¿No va a sacarlo ahora?», preguntó el conductor.

«Claro», respondió el hombre, clavando el hacha en el cajón para hacer palanca.

Hubo una dispersión instantánea de los cuatro hombres que la habían transportado y, encaramados en lo alto del muro, se prepararon para contemplar la representación.

Buck se abalanzó sobre la madera astillada, hincándole el diente, arremetiendo y forcejeando con ella. Dondequiera que cayera el hacha en el exterior, él estaba allí en el interior, gruñendo y gruñendo, tan furiosamente ansioso por salir como el hombre del jersey rojo estaba tranquilamente decidido a sacarle.

«Ahora, demonio de ojos rojos», dijo, cuando hubo hecho una abertura suficiente para que pase el cuerpo de Buck. Al mismo tiempo soltó el hacha y cambió el garrote a su mano derecha.

Y Buck era realmente un diablo de ojos rojos, mientras se preparaba para el salto, con el pelo erizado, la boca espumeante, un brillo loco en sus ojos inyectados en sangre. Directamente hacia el hombre lanzó sus ciento cuarenta libras de furia, cargadas con la pasión contenida de dos días y dos noches. En el aire, justo cuando sus mandíbulas estaban a punto de cerrarse sobre el hombre, recibió una descarga que puso en

teeth together with an agonizing clip. He whirled over, fetching the ground on his back and side. He had never been struck by a club in his life, and did not understand. With a snarl that was part bark and more scream he was again on his feet and launched into the air. And again the shock came and he was brought crushingly to the ground. This time he was aware that it was the club, but his madness knew no caution. A dozen times he charged, and as often the club broke the charge and smashed him down.

After a particularly fierce blow, he crawled to his feet, too dazed to rush. He staggered limply about, the blood flowing from nose and mouth and ears, his beautiful coat sprayed and flecked with bloody slaver. Then the man advanced and deliberately dealt him a frightful blow on the nose. All the pain he had endured was as nothing compared with the exquisite agony of this. With a roar that was almost lionlike in its ferocity, he again hurled himself at the man. But the man, shifting the club from right to left, coolly caught him by the under jaw, at the same time wrenching downward and backward. Buck described a complete circle in the air, and half of another, then crashed to the ground on his head and chest.

For the last time he rushed. The man struck the shrewd blow he had purposely withheld for so long, and Buck crumpled up and went down, knocked utterly senseless.

"He's no slouch at dog-breakin', that's wot I say," one of the men on the wall cried enthusiastically.

"Druther break cayuses any day, and twice on Sundays," was the reply of the driver, as he climbed on the wagon and started the horses.

Buck's senses came back to him, but not his strength. He lay where he had fallen, and from there he watched the man in the red sweater.

"'Answers to the name of Buck,'" the man soliloquized, quoting from the saloon-keeper's letter which had announced the consignment of the crate and contents. "Well, Buck, my boy," he went on in a genial voice, "we've had our little ruction, and the best thing we can

jaque su cuerpo y juntó sus dientes con un agonizante chasquido. Giró sobre sí mismo, tirándose al suelo de espaldas y de costado. Nunca en su vida le habían golpeado con un garrote y no lo entendió. Con un gruñido que era parte ladrido y más grito se puso de nuevo en pie y se lanzó al aire. Y de nuevo llegó el golpe y fue llevado aplastantemente al suelo. Esta vez era consciente de que se trataba del garrote, pero su locura no conocía la cautela. Una docena de veces atacó, y otras tantas el garrote lo interceptó y lo derribó.

Tras un golpe particularmente feroz, se arrastró hasta ponerse en pie, demasiado aturdido para lanzarse. Se tambaleó cojeando, la sangre manando de la nariz, la boca y las orejas, su hermoso pelaje salpicado y moteado de escoria ensangrentada. Entonces el hombre avanzó y le asestó deliberadamente un espantoso golpe en la nariz. Todo el dolor que había soportado era nada comparado con la exquisita agonía de éste. Con un rugido casi leonino en su ferocidad, se lanzó de nuevo contra el hombre. Pero el hombre, cambiando el garrote de derecha a izquierda, le agarró fríamente por debajo de la mandíbula, al tiempo que tiraba hacia abajo y hacia atrás. Buck describió un círculo completo en el aire, y la mitad de otro, y luego se estrelló contra el suelo sobre la cabeza y el pecho.

Por última vez se lanzó. El hombre asestó el golpe astuto que había retenido a propósito durante tanto tiempo, y Buck se desplomó y cayó, completamente sin sentido.

«No se queda atrás a la hora de domar perros, eso es lo que yo digo», gritó con entusiasmo uno de los hombres en la pared.

«Druther preferiría domar potros de los indios cayus a diario, y el doble los domingos», fue la respuesta del conductor, mientras subía al carro y echaba a andar los caballos.

Buck recuperó los sentidos, pero no las fuerzas. Se tumbó donde había caído y desde allí observó al hombre del jersey rojo.

«"Responde al nombre de Buck"», soliloquizó el hombre, citando la carta del tabernero que había anunciado el envío de la caja y su contenido. «Bueno, Buck, muchacho», prosiguió con voz amable, «hemos tenido nuestra pequeña bronca y lo mejor que podemos hacer es dejarlo

do is to let it go at that. You've learned your place, and I know mine. Be a good dog and all 'll go well and the goose hang high. Be a bad dog, and I'll whale the stuffin' outa you. Understand?"

As he spoke he fearlessly patted the head he had so mercilessly pounded, and though Buck's hair involuntarily bristled at touch of the hand, he endured it without protest. When the man brought him water he drank eagerly, and later bolted a generous meal of raw meat, chunk by chunk, from the man's hand.

He was beaten (he knew that); but he was not broken. He saw, once for all, that he stood no chance against a man with a club. He had learned the lesson, and in all his after life he never forgot it. That club was a revelation. It was his introduction to the reign of primitive law, and he met the introduction halfway. The facts of life took on a fiercer aspect; and while he faced that aspect uncowed, he faced it with all the latent cunning of his nature aroused. As the days went by, other dogs came, in crates and at the ends of ropes, some docilely, and some raging and roaring as he had come; and, one and all, he watched them pass under the dominion of the man in the red sweater. Again and again, as he looked at each brutal performance, the lesson was driven home to Buck: a man with a club was a lawgiver, a master to be obeyed, though not necessarily conciliated. Of this last Buck was never guilty, though he did see beaten dogs that fawned upon the man, and wagged their tails, and licked his hand. Also he saw one dog, that would neither conciliate nor obey, finally killed in the struggle for mastery.

Now and again men came, strangers, who talked excitedly, wheedlingly, and in all kinds of fashions to the man in the red sweater. And at such times that money passed between them the strangers took one or more of the dogs away with them. Buck wondered where they went, for they never came back; but the fear of the future was strong upon him, and he was glad each time when he was not selected.

Yet his time came, in the end, in the form of a little weazened man who spat broken English and many strange and uncouth exclamations which Buck could not understand.

"Sacredam!" he cried, when his eyes lit upon Buck. "Dat one dam

ahí. Tú has aprendido cuál es tu lugar y yo conozco el mío. Sé un buen perro y todo irá bien y marchará sobre ruedas. Sé un perro malo y te daré una paliza. ¿Entendido?».

Mientras hablaba, palmeó sin miedo la cabeza que tan despiadadamente había golpeado, y aunque el pelo de Buck se erizó involuntariamente al contacto con la mano, lo soportó sin protestar. Cuando el hombre le trajo agua bebió con avidez, y más tarde devoró una generosa comida de carne cruda, trozo a trozo, de la mano del hombre.

Estaba derrotado (él lo sabía); pero no estaba destrozado. Supo, de una vez por todas, que no tenía ninguna posibilidad contra un hombre con un garrote. Había aprendido la lección, y no la olvidó por el resto de su vida. Aquel garrote fue una revelación. Fue su introducción al reino de la ley primitiva, y se encontró con la introducción a medio camino. Los hechos de la vida adquirieron un aspecto más feroz; y aunque se enfrentó a ese aspecto sin inmutarse, lo hizo con toda la astucia latente de su naturaleza despierta. Con el paso de los días, llegaron otros perros, en jaulas y al extremo de cuerdas, algunos dócilmente y otros furiosos y rugientes como él había llegado; y, a todos y cada uno, los vio pasar bajo el dominio del hombre del jersey rojo. Una y otra vez, mientras contemplaba cada brutal actuación, la lección se le clavaba en la cabeza a Buck: un hombre con un garrote era un legislador, un amo al que obedecer, aunque no necesariamente rendirse. De esto último Buck nunca fue culpable, aunque sí vio perros apaleados que adulaban al hombre, movían la cola y le lamían la mano. También vio a un perro, que ni se rendía ni obedecía, finalmente muerto en la lucha por el dominio.

De vez en cuando llegaban hombres, extraños, que hablaban animadamente, con insistencia y de todas las maneras posibles con el hombre del jersey rojo. Y en las ocasiones en que pasaban dinero entre ellos, los extraños se llevaban a uno o más de los perros. Buck se preguntaba adónde iban, pues nunca volvían; pero el miedo al futuro era fuerte en él, y se alegraba cada vez que no lo seleccionaban.

Sin embargo, su hora llegó, al final, en forma de un hombrecillo cansado que escupía un inglés entrecortado y muchas exclamaciones extrañas y groseras que Buck no podía entender.

«¡Sacredam!», gritó, cuando sus ojos se iluminaron sobre Buck. «¡Ese

bully dog! Eh? How moch?"

"Three hundred, and a present at that," was the prompt reply of the man in the red sweater. "And seem' it's government money, you ain't got no kick coming, eh, Perrault?"

Perrault grinned. Considering that the price of dogs had been boomed skyward by the unwonted demand, it was not an unfair sum for so fine an animal. The Canadian Government would be no loser, nor would its despatches travel the slower. Perrault knew dogs, and when he looked at Buck he knew that he was one in a thousand—"One in ten t'ousand," he commented mentally.

Buck saw money pass between them, and was not surprised when Curly, a good-natured Newfoundland, and he were led away by the little weazened man. That was the last he saw of the man in the red sweater, and as Curly and he looked at receding Seattle from the deck of the Narwhal, it was the last he saw of the warm Southland. Curly and he were taken below by Perrault and turned over to a black-faced giant called François. Perrault was a French-Canadian, and swarthy; but François was a French-Canadian half-breed, and twice as swarthy. They were a new kind of men to Buck (of which he was destined to see many more), and while he developed no affection for them, he none the less grew honestly to respect them. He speedily learned that Perrault and François were fair men, calm and impartial in administering justice, and too wise in the way of dogs to be fooled by dogs.

In the 'tween-decks of the Narwhal, Buck and Curly joined two other dogs. One of them was a big, snow-white fellow from Spitzbergen who had been brought away by a whaling captain, and who had later accompanied a Geological Survey into the Barrens. He was friendly, in a treacherous sort of way, smiling into one's face the while he meditated some underhand trick, as, for instance, when he stole from Buck's food at the first meal. As Buck sprang to punish him, the lash of François's whip sang through the air, reaching the culprit first; and nothing remained to Buck but to recover the bone. That was fair of François, he decided, and the half-breed began his rise in Buck's estimation.

maldito perro bravucón! ¿Eh? ¿Cuánto?».

«Trescientos, y es un regalo», fue la pronta respuesta del hombre del jersey rojo. «Y como parece que es dinero del gobierno, no se va a quejar, ¿eh, Perrault?».

Perrault sonrió. Teniendo en cuenta que el precio de los perros se había disparado por la inusitada demanda, no era una suma injusta por un animal tan fino. El Gobierno de Canadá no saldría perdiendo, ni sus envíos viajarían más despacio. Perrault conocía a los perros, y cuando miró a Buck supo que era uno entre mil... «Uno entre diez mil», comentó mentalmente.

Buck vio pasar dinero entre ellos y no se sorprendió cuando Curly, una terranova bonachona, y él fueron conducidos lejos por el hombrecillo cansado. Aquello fue lo último que vio del hombre del jersey rojo, y mientras Curly y él contemplaban Seattle en retirada desde la cubierta del Narwhal, fue lo último que vio de la cálida tierra del sur. Curly y él fueron llevados abajo por Perrault y entregados a un gigante de cara negra llamado François. Perrault era un francocanadiense, y moreno; pero François era un mestizo francocanadiense, y el doble de moreno. Eran una nueva clase de hombres para Buck (de los que estaba destinado a ver muchos más), y aunque no desarrolló ningún afecto por ellos, no por ello dejó de respetarlos honestamente. Aprendió rápidamente que Perrault y François eran hombres justos, tranquilos e imparciales a la hora de administrar justicia, y demasiado sabios en el trato con los perros como para dejarse engañar por ellos.

En el entrepuente del Narwhal, Buck y Curly se unieron a otros dos perros. Uno de ellos era un compañero grande y blanco como la nieve, de Spitzbergen, que había sido traído por un capitán ballenero y que más tarde había sido parte de la compañía en un estudio geológico en los Barrens. Era amistoso, en cierto modo traicionero, sonriéndole a uno a la cara mientras meditaba algún truco turbio, como, por ejemplo, cuando robó de la comida de Buck en la primera ración. Cuando Buck se lanzó a castigarle, el látigo de François silbó en el aire, alcanzando primero al culpable; y a Buck no le quedó más trabajo que recuperar el hueso. Fue justo por parte de François, decidió, y el mestizo comenzó su ascenso en la estimación de Buck.

The other dog made no advances, nor received any; also, he did not attempt to steal from the newcomers. He was a gloomy, morose fellow, and he showed Curly plainly that all he desired was to be left alone, and further, that there would be trouble if he were not left alone. "Dave" he was called, and he ate and slept, or yawned between times, and took interest in nothing, not even when the Narwhal crossed Queen Charlotte Sound and rolled and pitched and bucked like a thing possessed. When Buck and Curly grew excited, half wild with fear, he raised his head as though annoyed, favored them with an incurious glance, yawned, and went to sleep again.

Day and night the ship throbbed to the tireless pulse of the propeller, and though one day was very like another, it was apparent to Buck that the weather was steadily growing colder. At last, one morning, the propeller was quiet, and the Narwhal was pervaded with an atmosphere of excitement. He felt it, as did the other dogs, and knew that a change was at hand. François leashed them and brought them on deck. At the first step upon the cold surface, Buck's feet sank into a white mushy something very like mud. He sprang back with a snort. More of this white stuff was falling through the air. He shook himself, but more of it fell upon him. He sniffed it curiously, then licked some up on his tongue. It bit like fire, and the next instant was gone. This puzzled him. He tried it again, with the same result. The onlookers laughed uproariously, and he felt ashamed, he knew not why, for it was his first snow.

El otro perro no hizo ninguna insinuación, ni recibió ninguna; tampoco intentó robar a los recién llegados. Era un compañero sombrío y malhumorado, y demostró claramente a Curly que lo único que deseaba era que le dejaran en paz y, además, que habría problemas si no le dejaban en paz. «Dave» le llamaban, y comía y dormía, o bostezaba entre horas, y no se interesaba por nada, ni siquiera cuando el Narwhal cruzó el estrecho de la Reina Carlota y rodaba, cabeceaba y corcoveaba como un poseso. Cuando Buck y Curly se alteraron, medio locos de miedo, levantó la cabeza como molesto, los favoreció con una mirada incrédula, bostezó y volvió a dormirse.

Día y noche el barco palpitaba al incansable pulso de la hélice, y aunque un día era muy parecido a otro, a Buck le resultaba evidente que el tiempo era cada vez más frío. Por fin, una mañana, la hélice se aquietó y el Narwhal se sintió invadido por una atmósfera de excitación. Lo sintió, al igual que los demás perros, y supo que se avecinaba un cambio. François les puso la correa y los llevó a cubierta. Al primer paso sobre la fría superficie, los pies de Buck se hundieron en una baba blanca muy parecida al barro. Retrocedió con un resoplido. Más de esta materia blanca caía por el aire. Se sacudió, pero más cayó sobre él. La olfateó con curiosidad y luego lamió un poco con la lengua. Picó como el fuego, y al instante siguiente había desaparecido. Esto le desconcertó. Volvió a intentarlo, con el mismo resultado. Los espectadores rieron a carcajadas, y él se sintió avergonzado, no sabía por qué, pues era la primera vez que veía nieve.

CHAPTER II — THE LAW OF CLUB AND FANG

Buck's first day on the Dyea beach was like a nightmare. Every hour was filled with shock and surprise. He had been suddenly jerked from the heart of civilization and flung into the heart of things primordial. No lazy, sun-kissed life was this, with nothing to do but loaf and be bored. Here was neither peace, nor rest, nor a moment's safety. All was confusion and action, and every moment life and limb were in peril. There was imperative need to be constantly alert; for these dogs and men were not town dogs and men. They were savages, all of them, who knew no law but the law of club and fang.

He had never seen dogs fight as these wolfish creatures fought, and his first experience taught him an unforgetable lesson. It is true, it was a vicarious experience, else he would not have lived to profit by it. Curly was the victim. They were camped near the log store, where she, in her friendly way, made advances to a husky dog the size of a full-grown wolf, though not half so large as she. There was no warning, only a leap in like a flash, a metallic clip of teeth, a leap out equally swift, and Curly's face was ripped open from eye to jaw.

It was the wolf manner of fighting, to strike and leap away; but there was more to it than this. Thirty or forty huskies ran to the spot and surrounded the combatants in an intent and silent circle. Buck did not comprehend that silent intentness, nor the eager way with which they were licking their chops. Curly rushed her antagonist, who struck again and leaped aside. He met her next rush with his chest, in a peculiar fashion that tumbled her off her feet. She never regained them. This was what the onlooking huskies had waited for. They closed in upon her, snarling and yelping, and she was buried, screaming with agony, beneath the bristling mass of bodies.

So sudden was it, and so unexpected, that Buck was taken aback. He saw Spitz run out his scarlet tongue in a way he had of laughing; and he saw François, swinging an axe, spring into the mess of dogs. Three men with clubs were helping him to scatter them. It did not take long. Two minutes from the time Curly went down, the last of her assailants were clubbed off. But she lay there limp and lifeless in

CAPÍTULO II – LA LEY DEL GARROTE Y EL COLMILLO

El primer día de Buck en la playa de Dyea fue como una pesadilla. Cada hora estaba llena de conmoción y sorpresa. Había sido arrancado de repente del corazón de la civilización y arrojado al corazón de las cosas primordiales. Aquello no era una vida perezosa y bañada por el sol, sin nada que hacer salvo holgazanear y aburrirse. Aquí no había ni paz, ni descanso, ni un momento de seguridad. Todo era confusión y acción, y a cada momento la vida y la integridad física estaban en peligro. Había una necesidad imperiosa de estar constantemente alerta; porque estos perros y hombres no eran perros y hombres de pueblo. Eran salvajes, todos ellos, que no conocían otra ley que la del garrote y el colmillo.

Nunca había visto luchar a los perros como luchaban estas criaturas lobunas, y su primera experiencia le enseñó una lección inolvidable. Es cierto, fue una experiencia vicaria, de lo contrario no habría vivido para aprovecharla. Curly fue la víctima. Estaban acampando cerca del almacén de troncos, donde ella, a su manera amistosa, se insinuó a un perro husky del tamaño de un lobo adulto, aunque ni la mitad de grande que ella. No hubo advertencia, sólo un salto hacia delante como un relámpago, un chasquido metálico de dientes, un salto hacia fuera igual de rápido, y la cara de Curly fue desgarrada desde el ojo hasta la mandíbula.

Era la manera de luchar de los lobos, atacar y alejarse de un salto; pero había algo más. Treinta o cuarenta huskies corrieron hacia el lugar y rodearon a los combatientes en un círculo atento y silencioso. Buck no comprendió aquella silenciosa intención, ni la forma ansiosa con que se relamían. Curly se abalanzó sobre su antagonista, que atacó de nuevo y saltó a un lado. Él recibió su siguiente embestida con el pecho, de una forma peculiar que le hizo perder el equilibrio a ella. Nunca lo recuperó. Esto era lo que los huskies que miraban habían esperado. Se cerraron sobre ella, gruñendo y aullando, y quedó sepultada, gritando de agonía, bajo la masa erizada de cuerpos.

Tan repentino fue, y tan inesperado, que Buck quedó desconcertado. Vio a Spitz sacar su lengua escarlata a modo de carcajada; y vio a François, blandiendo un hacha, abalanzarse sobre el revoltijo de perros. Tres hombres con garrotes le ayudaban a dispersarlos. No tardó mucho. Dos minutos después de que Curly cayera, el último de sus asaltantes fue abatido a garrotazos. Pero ella yacía inmóvil y sin vida en la nieve

the bloody, trampled snow, almost literally torn to pieces, the swart half-breed standing over her and cursing horribly. The scene often came back to Buck to trouble him in his sleep. So that was the way. No fair play. Once down, that was the end of you. Well, he would see to it that he never went down. Spitz ran out his tongue and laughed again, and from that moment Buck hated him with a bitter and deathless hatred.

Before he had recovered from the shock caused by the tragic passing of Curly, he received another shock. François fastened upon him an arrangement of straps and buckles. It was a harness, such as he had seen the grooms put on the horses at home. And as he had seen horses work, so he was set to work, hauling François on a sled to the forest that fringed the valley, and returning with a load of firewood. Though his dignity was sorely hurt by thus being made a draught animal, he was too wise to rebel. He buckled down with a will and did his best, though it was all new and strange. François was stern, demanding instant obedience, and by virtue of his whip receiving instant obedience; while Dave, who was an experienced wheeler, nipped Buck's hind quarters whenever he was in error. Spitz was the leader, likewise experienced, and while he could not always get at Buck, he growled sharp reproof now and again, or cunningly threw his weight in the traces to jerk Buck into the way he should go. Buck learned easily, and under the combined tuition of his two mates and François made remarkable progress. Ere they returned to camp he knew enough to stop at "ho," to go ahead at "mush," to swing wide on the bends, and to keep clear of the wheeler when the loaded sled shot downhill at their heels.

"T'ree vair' good dogs," François told Perrault. "Dat Buck, heem pool lak hell. I tich heem queek as anyt'ing."

By afternoon, Perrault, who was in a hurry to be on the trail with his despatches, returned with two more dogs. "Billee" and "Joe" he called them, two brothers, and true huskies both. Sons of the one mother though they were, they were as different as day and night. Billee's one fault was his excessive good nature, while Joe was the very opposite, sour and introspective, with a perpetual snarl and a

ensangrentada y pisoteada, casi literalmente despedazada, el mestizo moreno de pie junto a ella y maldiciendo horriblemente. La escena volvía a menudo a Buck, para perturbarle en sueños. Así que ése era el camino. No había juego limpio. Una vez caído, era tu fin. Bueno, él se encargaría de no caer nunca. Spitz sacó la lengua y volvió a reír, y desde ese momento Buck le odió con un odio amargo e inmortal.

Antes de que se hubiera recuperado de la conmoción causada por el trágico fallecimiento de Curly, recibió otra conmoción. François le colocó un conjunto de correas y hebillas. Era un arnés, como el que había visto que los mozos de cuadra ponían a los caballos en casa. Y como había visto trabajar a los caballos, se puso manos a la obra, arrastrando a François en un trineo hasta el bosque que bordeaba el valle, y regresando con una carga de leña. Aunque su dignidad se vio gravemente herida al ser convertido así en un animal de tiro, era demasiado sabio como para rebelarse. Se puso manos a la obra con voluntad e hizo todo lo que pudo, aunque todo era nuevo y extraño. François era severo, exigía obediencia instantánea, y en virtud de su látigo recibía obediencia instantánea; mientras que Dave, que era un experimentado perro de varas, mordía los cuartos traseros de Buck cada vez que se equivocaba. Spitz era el líder, igualmente experimentado, y aunque no siempre podía llegar a Buck, gruñía agudos reproches de vez en cuando, o lanzaba astutamente su peso en las riendas para empujar a Buck hacia el camino que debía seguir. Buck aprendió con facilidad, y bajo la instrucción combinada de sus dos compañeros y François hizo notables progresos. Antes de que regresaran al campamento sabía lo suficiente como para detenerse en «so», adelantarse en «arre», girar a lo ancho en las curvas y mantenerse alejado del perro de varas cuando el trineo cargado salía disparado cuesta abajo pisándoles los talones.

«Tres perros muy buenos», dijo François a Perrault. «Ese Buck, tira como el demonio. Le entrenaré rápidamente».

Por la tarde, Perrault, que tenía prisa por emprender el camino con sus despachos, regresó con dos perros más. «Billee» y «Joe» los llamaba, dos hermanos, y verdaderos huskies ambos. Aunque eran hijos de la misma madre, eran tan diferentes como el día y la noche. El único defecto de Billee era su excesivo buen carácter, mientras que Joe era todo lo contrario, agrio e introspectivo, con un perpetuo gruñido y una mira-

malignant eye. Buck received them in comradely fashion, Dave ignored them, while Spitz proceeded to thrash first one and then the other. Billee wagged his tail appeasingly, turned to run when he saw that appeasement was of no avail, and cried (still appeasingly) when Spitz's sharp teeth scored his flank. But no matter how Spitz circled, Joe whirled around on his heels to face him, mane bristling, ears laid back, lips writhing and snarling, jaws clipping together as fast as he could snap, and eyes diabolically gleaming—the incarnation of belligerent fear. So terrible was his appearance that Spitz was forced to forego disciplining him; but to cover his own discomfiture he turned upon the inoffensive and wailing Billee and drove him to the confines of the camp.

By evening Perrault secured another dog, an old husky, long and lean and gaunt, with a battle-scarred face and a single eye which flashed a warning of prowess that commanded respect. He was called Sol-leks, which means the Angry One. Like Dave, he asked nothing, gave nothing, expected nothing; and when he marched slowly and deliberately into their midst, even Spitz left him alone. He had one peculiarity which Buck was unlucky enough to discover. He did not like to be approached on his blind side. Of this offence Buck was unwittingly guilty, and the first knowledge he had of his indiscretion was when Sol-leks whirled upon him and slashed his shoulder to the bone for three inches up and down. Forever after Buck avoided his blind side, and to the last of their comradeship had no more trouble. His only apparent ambition, like Dave's, was to be left alone; though, as Buck was afterward to learn, each of them possessed one other and even more vital ambition.

That night Buck faced the great problem of sleeping. The tent, illumined by a candle, glowed warmly in the midst of the white plain; and when he, as a matter of course, entered it, both Perrault and François bombarded him with curses and cooking utensils, till he recovered from his consternation and fled ignominiously into the outer cold. A chill wind was blowing that nipped him sharply and bit with especial venom into his wounded shoulder. He lay down on the snow and attempted to sleep, but the frost soon drove him shivering to his feet. Miserable and disconsolate, he wandered about among the many tents, only to find that one place was as cold as another. Here

da maligna. Buck los recibió con camaradería, Dave los ignoró, mientras Spitz procedía a zarandear primero a uno y luego al otro. Billee movió la cola apaciguadoramente, se volvió para correr cuando vio que el apaciguamiento no servía de nada y gritó (aún apaciguadoramente) cuando los afilados dientes de Spitz le marcaron el flanco. Pero no importaba cómo diera vueltas Spitz, Joe giraba sobre sus talones para enfrentarse a él, con la melena erizada, las orejas echadas hacia atrás, los labios retorciéndose y gruñendo, las mandíbulas entrelazadas tan rápido como podía chasquear y los ojos diabólicamente brillantes... la encarnación del miedo beligerante. Tan terrible era su aspecto que Spitz se vio obligado a renunciar a disciplinarlo; pero para cubrir su propia desazón se volvió contra el inofensivo y llorón Billee y lo condujo a los confines del campamento.

Al anochecer, Perrault consiguió otro perro, un viejo husky, largo, delgado y enjuto, con la cara llena de cicatrices de batalla y un solo ojo que destellaba una advertencia de proeza que infundía respeto. Se llamaba Sol-leks, que significa el Furioso. Como Dave, no pedía nada, no daba nada, no esperaba nada; y cuando marchó lenta y deliberadamente en medio de ellos, incluso Spitz le dejó en paz. Tenía una peculiaridad que Buck tuvo la mala suerte de descubrir. No le gustaba que se le acercaran por su lado ciego. De esta ofensa Buck era involuntariamente culpable, y el primer conocimiento que tuvo de su indiscreción fue cuando Sol-leks se echó sobre él y le atravesó el hombro hasta el hueso a lo largo de tres pulgadas de arriba abajo. Desde entonces Buck evitó para siempre su lado ciego, y hasta el final de su camaradería no tuvo más problemas. Su única ambición aparente, como la de Dave, era que le dejaran en paz; aunque, como Buck aprendería más tarde, cada uno de ellos poseía otra ambición aún más vital.

Aquella noche Buck se enfrentó al gran problema de dormir. La carpa, iluminada por una vela, resplandecía cálidamente en medio de la blanca llanura; y cuando, como era natural, entró en ella, tanto Perrault como François le bombardearon con maldiciones y utensilios de cocina, hasta que se recuperó de su consternación y huyó ignominiosamente hacia el frío exterior. Soplaba un viento helado que le pellizcaba con fuerza y mordía con especial veneno su hombro herido. Se tumbó sobre la nieve e intentó dormir, pero la helada pronto le hizo ponerse en pie temblando. Miserable y desconsolado, deambuló entre las numerosas carpas, sólo para descubrir que un lugar era tan frío como otro. Aquí y

and there savage dogs rushed upon him, but he bristled his neck-hair and snarled (for he was learning fast), and they let him go his way unmolested.

Finally an idea came to him. He would return and see how his own team-mates were making out. To his astonishment, they had disappeared. Again he wandered about through the great camp, looking for them, and again he returned. Were they in the tent? No, that could not be, else he would not have been driven out. Then where could they possibly be? With drooping tail and shivering body, very forlorn indeed, he aimlessly circled the tent. Suddenly the snow gave way beneath his fore legs and he sank down. Something wriggled under his feet. He sprang back, bristling and snarling, fearful of the unseen and unknown. But a friendly little yelp reassured him, and he went back to investigate. A whiff of warm air ascended to his nostrils, and there, curled up under the snow in a snug ball, lay Billee. He whined placatingly, squirmed and wriggled to show his good will and intentions, and even ventured, as a bribe for peace, to lick Buck's face with his warm wet tongue.

Another lesson. So that was the way they did it, eh? Buck confidently selected a spot, and with much fuss and waste effort proceeded to dig a hole for himself. In a trice the heat from his body filled the confined space and he was asleep. The day had been long and arduous, and he slept soundly and comfortably, though he growled and barked and wrestled with bad dreams.

Nor did he open his eyes till roused by the noises of the waking camp. At first he did not know where he was. It had snowed during the night and he was completely buried. The snow walls pressed him on every side, and a great surge of fear swept through him—the fear of the wild thing for the trap. It was a token that he was harking back through his own life to the lives of his forebears; for he was a civilized dog, an unduly civilized dog, and of his own experience knew no trap and so could not of himself fear it. The muscles of his whole body contracted spasmodically and instinctively, the hair on his neck and shoulders stood on end, and with a ferocious snarl he bounded straight up into the blinding day, the snow flying about him in a flashing cloud. Ere he landed on his feet, he saw the white camp spread out before him and knew where he was and remembered all that had

allá unos perros salvajes se lanzaron sobre él, pero erizó el pelo de su cuello y gruñó (pues estaba aprendiendo rápido), y le dejaron seguir su camino sin ser molestado.

Finalmente se le ocurrió una idea. Volvería para ver cómo les iba a sus propios compañeros. Para su asombro, habían desaparecido. De nuevo vagó por el gran campamento, buscándolos, y de nuevo regresó. ¿Estaban en la carpa? No, no podía ser, de lo contrario no le habrían echado. Entonces, ¿dónde podrían estar? Con la cola baja y el cuerpo tembloroso, muy desamparado en verdad, rodeó sin rumbo la carpa. De repente, la nieve cedió bajo sus patas delanteras y se hundió. Algo se retorcía bajo sus pies. Retrocedió de un salto, erizado y gruñendo, temeroso de lo invisible y desconocido. Pero un pequeño y amistoso aullido le tranquilizó, y volvió a investigar. Un soplo de aire caliente ascendió hasta sus fosas nasales, y allí, acurrucado bajo la nieve en un ovillo acurrucado, yacía Billee. Gimoteaba aplacadoramente, se retorcía y se contorsionaba para mostrar su buena voluntad y sus intenciones, e incluso se aventuró, como soborno para lograr la paz, a lamer la cara de Buck con su lengua húmeda y caliente.

Otra lección. Así que así era como lo hacían, ¿eh? Buck seleccionó con confianza un lugar y, con mucho alboroto y derrochando esfuerzo, procedió a cavarse un agujero. En un santiamén el calor de su cuerpo llenó el reducido espacio y se quedó dormido. El día había sido largo y arduo, y él durmió profunda y cómodamente, aunque gruñó y ladró y luchó contra los malos sueños.

No abrió los ojos hasta que le despertaron los ruidos del campamento en marcha. Al principio no sabía dónde estaba. Había nevado durante la noche y estaba completamente enterrado. Las paredes de nieve le apretaban por todos lados y una gran oleada de miedo le recorrió... el miedo de lo salvaje y su trampa. Era una señal de que se remontaba a través de su propia vida a la de sus antepasados; porque era un perro civilizado, un perro excesivamente civilizado, y por su propia experiencia no conocía ninguna trampa, por lo que no podía temerla por sí mismo. Los músculos de todo su cuerpo se contrajeron espasmódica e instintivamente, se le erizaron los pelos del cuello y de los hombros, y con un gruñido feroz saltó en línea recta hacia el día cegador, la nieve volando a su alrededor en una nube centelleante. Antes de aterrizar sobre sus pies, vio el campamento blanco que se extendía ante él y supo dónde

passed from the time he went for a stroll with Manuel to the hole he had dug for himself the night before.

A shout from François hailed his appearance. "Wot I say?" the dog-driver cried to Perrault. "Dat Buck for sure learn queek as anyt'ing."

Perrault nodded gravely. As courier for the Canadian Government, bearing important despatches, he was anxious to secure the best dogs, and he was particularly gladdened by the possession of Buck.

Three more huskies were added to the team inside an hour, making a total of nine, and before another quarter of an hour had passed they were in harness and swinging up the trail toward the Dyea Cañon. Buck was glad to be gone, and though the work was hard he found he did not particularly despise it. He was surprised at the eagerness which animated the whole team and which was communicated to him; but still more surprising was the change wrought in Dave and Sol-leks. They were new dogs, utterly transformed by the harness. All passiveness and unconcern had dropped from them. They were alert and active, anxious that the work should go well, and fiercely irritable with whatever, by delay or confusion, retarded that work. The toil of the traces seemed the supreme expression of their being, and all that they lived for and the only thing in which they took delight.

Dave was wheeler or sled dog, pulling in front of him was Buck, then came Sol-leks; the rest of the team was strung out ahead, single file, to the leader, which position was filled by Spitz.

Buck had been purposely placed between Dave and Sol-leks so that he might receive instruction. Apt scholar that he was, they were equally apt teachers, never allowing him to linger long in error, and enforcing their teaching with their sharp teeth. Dave was fair and very wise. He never nipped Buck without cause, and he never failed to nip him when he stood in need of it. As François's whip backed him up, Buck found it to be cheaper to mend his ways than to retaliate. Once, during a brief halt, when he got tangled in the traces and delayed the start, both Dave and Sol-leks flew at him and administered a sound trouncing. The resulting tangle was even worse, but Buck took good

estaba y recordó todo lo que había pasado desde el momento en que fue a dar un paseo con Manuel hasta el agujero que se había cavado la noche anterior.

Un grito de François saludó su aparición. «¿Qué te digo?», gritó el conductor de perros a Perrault. «Ese Buck seguro que aprende más rápido que cualquier otro».

Perrault asintió con gravedad. Como mensajero del Gobierno de Canadá, portador de importantes despachos, estaba ansioso por conseguir los mejores perros, y le alegraba especialmente la posesión de Buck.

Tres huskies más se añadieron al equipo en menos de una hora, haciendo un total de nueve, y antes de que hubiera transcurrido otro cuarto de hora ya estaban enjaezados y subiendo por el rastro hacia el Cañón de Dyea. Buck estaba contento de haberse ido, y aunque el trabajo era duro descubrió que no lo despreciaba especialmente. Le sorprendió el afán que animaba a todo el equipo y que le transmitieron; pero aún más sorprendente fue el cambio operado en Dave y Sol-leks. Eran perros nuevos, totalmente transformados por el arnés. Toda pasividad y despreocupación habían desaparecido de ellos. Estaban alerta y activos, ansiosos de que el trabajo saliera bien y ferozmente irritables con cualquier cosa que, por retraso o confusión, retrasara ese trabajo. El trabajo de las riendas parecía la expresión suprema de su ser, y todo por lo que vivían y lo único en lo que se deleitaban.

Dave era el perro de varas o de trineo, tirando delante de él iba Buck, luego venía Sol-leks; el resto del equipo iba delante, en fila india, hasta el líder, puesto que ocupaba Spitz.

Buck había sido colocado a propósito entre Dave y Sol-leks para que pudiera recibir instrucción. Apto alumno que era, ellos eran igualmente aptos maestros, nunca permitiéndole demorarse mucho en el error, y reforzando sus enseñanzas con sus afilados dientes. Dave era justo y muy sabio. Nunca le daba un mordisco a Buck sin motivo, y nunca dejaba de dárselo cuando lo necesitaba. Como el látigo de François lo respaldaba, Buck descubrió que era más fácil enmendarse que tomar represalias. Una vez, durante una breve parada, cuando se enredó en las riendas y retrasó la salida, tanto Dave como Sol-leks volaron hacia él y le propinaron una sonora paliza. La maraña resultante fue aún peor, pero

care to keep the traces clear thereafter; and ere the day was done, so well had he mastered his work, his mates about ceased nagging him. François's whip snapped less frequently, and Perrault even honored Buck by lifting up his feet and carefully examining them.

It was a hard day's run, up the Cañon, through Sheep Camp, past the Scales and the timber line, across glaciers and snowdrifts hundreds of feet deep, and over the great Chilcoot Divide, which stands between the salt water and the fresh and guards forbiddingly the sad and lonely North. They made good time down the chain of lakes which fills the craters of extinct volcanoes, and late that night pulled into the huge camp at the head of Lake Bennett, where thousands of goldseekers were building boats against the break-up of the ice in the spring. Buck made his hole in the snow and slept the sleep of the exhausted just, but all too early was routed out in the cold darkness and harnessed with his mates to the sled.

That day they made forty miles, the trail being packed; but the next day, and for many days to follow, they broke their own trail, worked harder, and made poorer time. As a rule, Perrault travelled ahead of the team, packing the snow with webbed shoes to make it easier for them. François, guiding the sled at the gee-pole, sometimes exchanged places with him, but not often. Perrault was in a hurry, and he prided himself on his knowledge of ice, which knowledge was indispensable, for the fall ice was very thin, and where there was swift water, there was no ice at all.

Day after day, for days unending, Buck toiled in the traces. Always, they broke camp in the dark, and the first gray of dawn found them hitting the trail with fresh miles reeled off behind them. And always they pitched camp after dark, eating their bit of fish, and crawling to sleep into the snow. Buck was ravenous. The pound and a half of sun-dried salmon, which was his ration for each day, seemed to go nowhere. He never had enough, and suffered from perpetual hunger pangs. Yet the other dogs, because they weighed less and were born to the life, received a pound only of the fish and managed to keep in good condition.

Buck tuvo buen cuidado de mantener despejadas las riendas a partir de entonces; y antes de que terminara el día, tan bien había dominado su rol, que sus compañeros dejaron de regañarle. El látigo de François chasqueaba con menos frecuencia, y Perrault incluso honró a Buck levantándole los pies y examinándoselos cuidadosamente.

Fue un duro día de marcha, por el Cañón, a través del Campo de Ovejas, pasando por las Scales y la línea de madera, a través de glaciares y ventisqueros de cientos de pies de profundidad, y por encima de la gran divisoria de Chilcoot, que se interpone entre el agua salada y la dulce y vigila imponente el triste y solitario norte. Descendieron a buen ritmo por la cadena de lagos que llena los cráteres de volcanes extinguidos, y esa misma noche llegaron tarde al enorme campamento situado en la cabecera del lago Bennett, donde miles de buscadores de oro construían barcas ante la ruptura del hielo en primavera. Buck hizo su agujero en la nieve y durmió el sueño de los justos exhaustos, pero demasiado pronto fue interrumpido en la fría oscuridad y enjaezado con sus compañeros al trineo.

Aquel día hicieron cuarenta millas, el rastro estaba compacto; pero al día siguiente, y durante muchos días más, trazaron su propio rastro, trabajaron más duro e hicieron peor tiempo. Por regla general, Perrault viajaba delante del equipo, compactando la nieve con zapatos de palma para hacerlo más fácil para ellos. François, que guiaba el trineo por la palanca de mando, intercambiaba a veces el puesto con él, pero no a menudo. Perrault tenía prisa, y se enorgullecía de su conocimiento del hielo, conocimiento que era indispensable, ya que el hielo del otoño era muy fino, y donde había aguas rápidas, no había hielo en absoluto.

Día tras día, durante jornadas interminables, Buck se esforzó en las riendas. Siempre levantaban el campamento en la oscuridad, y los primeros grises del amanecer los encontraban en el rastro con nuevas millas recorridas a sus espaldas. Y siempre acampaban al anochecer, comían su trozo de pescado y se arrastraban a dormir en la nieve. Buck se había vuelto voraz. La libra y media de salmón secado al sol, que era su ración para cada día, parecía no llegar a ninguna parte. Nunca tenía suficiente y sufría punzadas de hambre perpetuas. Sin embargo, los otros perros, como pesaban menos y habían nacido para esta vida, sólo recibían una libra del pescado y conseguían mantenerse en buenas condiciones.

He swiftly lost the fastidiousness which had characterized his old life. A dainty eater, he found that his mates, finishing first, robbed him of his unfinished ration. There was no defending it. While he was fighting off two or three, it was disappearing down the throats of the others. To remedy this, he ate as fast as they; and, so greatly did hunger compel him, he was not above taking what did not belong to him. He watched and learned. When he saw Pike, one of the new dogs, a clever malingerer and thief, slyly steal a slice of bacon when Perrault's back was turned, he duplicated the performance the following day, getting away with the whole chunk. A great uproar was raised, but he was unsuspected; while Dub, an awkward blunderer who was always getting caught, was punished for Buck's misdeed.

This first theft marked Buck as fit to survive in the hostile Northland environment. It marked his adaptability, his capacity to adjust himself to changing conditions, the lack of which would have meant swift and terrible death. It marked, further, the decay or going to pieces of his moral nature, a vain thing and a handicap in the ruthless struggle for existence. It was all well enough in the Southland, under the law of love and fellowship, to respect private property and personal feelings; but in the Northland, under the law of club and fang, whoso took such things into account was a fool, and in so far as he observed them he would fail to prosper.

Not that Buck reasoned it out. He was fit, that was all, and unconsciously he accommodated himself to the new mode of life. All his days, no matter what the odds, he had never run from a fight. But the club of the man in the red sweater had beaten into him a more fundamental and primitive code. Civilized, he could have died for a moral consideration, say the defence of Judge Miller's riding-whip; but the completeness of his decivilization was now evidenced by his ability to flee from the defence of a moral consideration and so save his hide. He did not steal for joy of it, but because of the clamor of his stomach. He did not rob openly, but stole secretly and cunningly, out of respect for club and fang. In short, the things he did were done because it was easier to do them than not to do them.

His development (or retrogression) was rapid. His muscles became hard as iron, and he grew callous to all ordinary pain. He achieved an internal as well as external economy. He could eat anything, no

Rápidamente perdió el fastidio que había caracterizado su antigua vida. Como comía con delicadeza, descubrió que sus compañeros, al terminar primero, le robaban su ración inacabada. No había forma de defenderla. Mientras él luchaba contra dos o tres, desaparecía por las gargantas de los demás. Para remediarlo, comió tan rápido como ellos; y, tanto le apremiaba el hambre que no se privaba de coger lo que no le pertenecía. Observó y aprendió. Cuando vio a Pike, uno de los perros nuevos, astuto malhechor y ladrón, robar disimuladamente una loncha de tocino cuando Perrault estaba de espaldas, repitió la hazaña al día siguiente, escapándose con todo el trozo. Se armó un gran alboroto, pero no se sospechó de él; mientras que Dub, un torpe metedor de pata al que siempre pillaban, fue castigado por la fechoría de Buck.

Este primer robo marcó a Buck como apto para sobrevivir en el hostil entorno de las Tierras del Norte. Marcó su adaptabilidad, su capacidad para ajustarse a las condiciones cambiantes, cuya falta habría significado una muerte rápida y terrible. Marcó, además, la decadencia o el desmoronamiento de su naturaleza moral, algo vano y una desventaja en la despiadada lucha por la existencia. Estaba muy bien en la Tierra del Sur, bajo la ley del amor y el compañerismo, respetar la propiedad privada y los sentimientos personales; pero en la Tierra del Norte, bajo la ley del garrote y el colmillo, quien tuviera en cuenta tales cosas era un necio, y en la medida en que las observara no prosperaría.

No es que Buck lo razonara. Estaba en forma, eso era todo, e inconscientemente se acomodó al nuevo modo de vida. En todos sus días, fueran cuales fueran las probabilidades, nunca había huido de una pelea. Pero el garrote del hombre del jersey rojo había golpeado en él un código más fundamental y primitivo. Civilizado, podría haber muerto por una consideración moral, digamos la defensa de la fusta del Juez Miller; pero lo completo de su descivilización se evidenciaba ahora por su capacidad para huir de la defensa de una consideración moral y salvar así su pellejo. No robaba por gusto, sino por el clamor de su estómago. No robaba abiertamente, sino en secreto y con astucia, por respeto al garrote y al colmillo. En resumen, las cosas que hacía las hacía porque era más fácil hacerlas que no hacerlas.

Su desarrollo (o retroceso) fue rápido. Sus músculos se volvieron duros como el hierro y se volvió insensible a todo dolor ordinario. Logró una economía tanto interna como externa. Podía comer cualquier cosa,

matter how loathsome or indigestible; and, once eaten, the juices of his stomach extracted the last least particle of nutriment; and his blood carried it to the farthest reaches of his body, building it into the toughest and stoutest of tissues. Sight and scent became remarkably keen, while his hearing developed such acuteness that in his sleep he heard the faintest sound and knew whether it heralded peace or peril. He learned to bite the ice out with his teeth when it collected between his toes; and when he was thirsty and there was a thick scum of ice over the water hole, he would break it by rearing and striking it with stiff fore legs. His most conspicuous trait was an ability to scent the wind and forecast it a night in advance. No matter how breathless the air when he dug his nest by tree or bank, the wind that later blew inevitably found him to leeward, sheltered and snug.

And not only did he learn by experience, but instincts long dead became alive again. The domesticated generations fell from him. In vague ways he remembered back to the youth of the breed, to the time the wild dogs ranged in packs through the primeval forest and killed their meat as they ran it down. It was no task for him to learn to fight with cut and slash and the quick wolf snap. In this manner had fought forgotten ancestors. They quickened the old life within him, and the old tricks which they had stamped into the heredity of the breed were his tricks. They came to him without effort or discovery, as though they had been his always. And when, on the still cold nights, he pointed his nose at a star and howled long and wolflike, it was his ancestors, dead and dust, pointing nose at star and howling down through the centuries and through him. And his cadences were their cadences, the cadences which voiced their woe and what to them was the meaning of the stiffness, and the cold, and dark.

Thus, as token of what a puppet thing life is, the ancient song surged through him and he came into his own again; and he came because men had found a yellow metal in the North, and because Manuel was a gardener's helper whose wages did not lap over the needs of his wife and divers small copies of himself.

por repugnante o indigesta que fuera y, una vez ingerida, los jugos de su estómago extraían hasta la última partícula de nutriente y su sangre la transportaba hasta los lugares más recónditos de su cuerpo, convirtiéndola en el más duro y resistente de los tejidos. La vista y el olfato se volvieron notablemente agudos, mientras que su oído desarrolló tal agudeza que en sueños oía el más leve sonido y sabía si anunciaba paz o peligro. Aprendió a arrancar el hielo a mordiscos con los dientes cuando se le acumulaba entre los dedos de las patas; y cuando tenía sed y había una espesa capa de hielo sobre la charca, la rompía incorporándose y golpeándola con las patas delanteras rígidas. Su rasgo más conspicuo era la capacidad de olfatear el viento y preverlo con una noche de antelación. No importaba lo irrespirable que fuera el aire cuando cavaba su nido junto a un árbol o una orilla, el viento que soplaba más tarde lo encontraba inevitablemente a sotavento, resguardado y acurrucado.

Y no sólo aprendió por experiencia, sino que instintos muertos hace tiempo volvieron a cobrar vida. Las generaciones domesticadas cayeron ante él. De forma vaga recordaba la juventud de la raza, la época en que los perros salvajes corrían en manadas por el bosque primitivo y mataban la carne al cazarla. No le costó mucho aprender a luchar con el corte y el tajo y el rápido chasquido del lobo. De esta manera habían luchado antepasados olvidados. Avivaron la vieja vida dentro de él, y los viejos trucos que habían estampado en la herencia de la raza eran sus trucos. Le venían sin esfuerzo ni descubrimiento, como si hubieran sido suyos desde siempre. Y cuando, en las noches aún frías, señalaba con la nariz a una estrella y aullaba largo y lobuno, eran sus antepasados, muertos y polvorientos, señalando con la nariz a una estrella y aullando a través de los siglos a través de él. Y sus cadencias eran sus cadencias, las cadencias que expresaban su desdicha y lo que para ellos significaba la rigidez, el frío y la oscuridad.

Así, como muestra de lo marioneta que es la vida, el antiguo canto surgió a través de él y volvió a ser él mismo; y lo fue porque los hombres habían encontrado un metal amarillo en el norte, y porque Manuel era un ayudante de jardinero cuyo salario no superaba las necesidades de su esposa y de varias pequeñas copias de sí mismo.

CHAPTER III — THE DOMINANT PRIMORDIAL BEAST

The dominant primordial beast was strong in Buck, and under the fierce conditions of trail life it grew and grew. Yet it was a secret growth. His newborn cunning gave him poise and control. He was too busy adjusting himself to the new life to feel at ease, and not only did he not pick fights, but he avoided them whenever possible. A certain deliberateness characterized his attitude. He was not prone to rashness and precipitate action; and in the bitter hatred between him and Spitz he betrayed no impatience, shunned all offensive acts.

On the other hand, possibly because he divined in Buck a dangerous rival, Spitz never lost an opportunity of showing his teeth. He even went out of his way to bully Buck, striving constantly to start the fight which could end only in the death of one or the other. Early in the trip this might have taken place had it not been for an unwonted accident. At the end of this day they made a bleak and miserable camp on the shore of Lake Le Barge. Driving snow, a wind that cut like a white-hot knife, and darkness had forced them to grope for a camping place. They could hardly have fared worse. At their backs rose a perpendicular wall of rock, and Perrault and François were compelled to make their fire and spread their sleeping robes on the ice of the lake itself. The tent they had discarded at Dyea in order to travel light. A few sticks of driftwood furnished them with a fire that thawed down through the ice and left them to eat supper in the dark.

Close in under the sheltering rock Buck made his nest. So snug and warm was it, that he was loath to leave it when François distributed the fish which he had first thawed over the fire. But when Buck finished his ration and returned, he found his nest occupied. A warning snarl told him that the trespasser was Spitz. Till now Buck had avoided trouble with his enemy, but this was too much. The beast in him roared. He sprang upon Spitz with a fury which surprised them both, and Spitz particularly, for his whole experience with Buck had gone to teach him that his rival was an unusually timid dog, who managed to hold his own only because of his great weight and size.

François was surprised, too, when they shot out in a tangle from

CAPÍTULO III — LA BESTIA PRIMORDIAL DOMINANTE

La bestia primordial dominante era fuerte en Buck, y bajo las feroces condiciones de la vida en el trineo crecía y crecía. Sin embargo, era un crecimiento secreto. Su astucia de recién nacido le dio aplomo y control. Estaba demasiado ocupado adaptándose a la nueva vida como para sentirse a gusto, y no sólo no buscaba peleas, sino que las evitaba siempre que podía. Una cierta deliberación caracterizaba su actitud. No era propenso a la temeridad ni a la acción precipitada; y en el amargo odio entre él y Spitz no traicionó ninguna impaciencia, rehuyó todos los actos ofensivos.

Por otro lado, posiblemente porque adivinaba en Buck a un rival peligroso, Spitz nunca perdía la oportunidad de enseñar los dientes. Incluso se esforzaba por intimidar a Buck, buscando constantemente iniciar la pelea que sólo podía acabar con la muerte de uno u otro. Al principio del viaje esto podría haber tenido lugar de no haber sido por un accidente inoportuno. Al final de este día acamparon de forma sombría y miserable a orillas del lago Le Barge. La nieve torrencial, un viento que cortaba como un cuchillo al rojo vivo y la oscuridad les habían obligado a buscar a tientas un lugar para acampar. Difícilmente les podría haber ido peor. A sus espaldas se alzaba una pared perpendicular de roca, y Perrault y François se vieron obligados a hacer su fuego y extender sus ropas de dormir sobre el hielo del propio lago. Habían desechado la carpa en Dyea para viajar ligeros. Unos palos de madera a la deriva les proporcionaron un fuego que se descongeló a través del hielo y les permitió cenar en la oscuridad.

Muy cerca, bajo la roca que lo cobijaba, Buck hizo su nido. Tan cómodo y cálido era que se resistió a abandonarlo cuando François distribuyó el pescado que antes había descongelado sobre el fuego. Pero cuando Buck terminó su ración y regresó, encontró su nido ocupado. Un gruñido de advertencia le dijo que el intruso era Spitz. Hasta ahora Buck había evitado problemas con su enemigo, pero esto era demasiado. La bestia que había en él rugió. Se abalanzó sobre Spitz con una furia que sorprendió a ambos, y a Spitz en particular, ya que toda su experiencia con Buck le había enseñado que su rival era un perro inusualmente tímido, que lograba mantenerse sólo gracias a su gran peso y tamaño.

François también se sorprendió cuando salieron en tromba del nido

the disrupted nest and he divined the cause of the trouble. "A-a-ah!" he cried to Buck. "Gif it to heem, by Gar! Gif it to heem, the dirty t'eef!"

Spitz was equally willing. He was crying with sheer rage and eagerness as he circled back and forth for a chance to spring in. Buck was no less eager, and no less cautious, as he likewise circled back and forth for the advantage. But it was then that the unexpected happened, the thing which projected their struggle for supremacy far into the future, past many a weary mile of trail and toil.

An oath from Perrault, the resounding impact of a club upon a bony frame, and a shrill yelp of pain, heralded the breaking forth of pandemonium. The camp was suddenly discovered to be alive with skulking furry forms,—starving huskies, four or five score of them, who had scented the camp from some Indian village. They had crept in while Buck and Spitz were fighting, and when the two men sprang among them with stout clubs they showed their teeth and fought back. They were crazed by the smell of the food. Perrault found one with head buried in the grub-box. His club landed heavily on the gaunt ribs, and the grub-box was capsized on the ground. On the instant a score of the famished brutes were scrambling for the bread and bacon. The clubs fell upon them unheeded. They yelped and howled under the rain of blows, but struggled none the less madly till the last crumb had been devoured.

In the meantime the astonished team-dogs had burst out of their nests only to be set upon by the fierce invaders. Never had Buck seen such dogs. It seemed as though their bones would burst through their skins. They were mere skeletons, draped loosely in draggled hides, with blazing eyes and slavered fangs. But the hunger-madness made them terrifying, irresistible. There was no opposing them. The team-dogs were swept back against the cliff at the first onset. Buck was beset by three huskies, and in a trice his head and shoulders were ripped and slashed. The din was frightful. Billee was crying as usual. Dave and Sol-leks, dripping blood from a score of wounds, were fighting bravely side by side. Joe was snapping like a demon. Once, his teeth closed on the fore leg of a husky, and he crunched down through the bone. Pike, the malingerer, leaped upon the crippled ani-

desbaratado y adivinó la causa del problema. «¡A-a-ah!», gritó a Buck. «¡Dale, por Dios! ¡Dale, sucio ladrón!».

Spitz estaba igualmente dispuesto. Lloraba de pura rabia y ansia mientras daba vueltas de un lado a otro en busca de una oportunidad para lanzarse. Buck no estaba menos ansioso, ni era menos cauteloso, mientras igualmente daba vueltas de un lado a otro en busca de ventaja. Pero fue entonces cuando ocurrió lo inesperado, lo que proyectó su lucha por la supremacía lejos en el futuro, más allá de muchas millas cansadas de rastro y trabajo.

Un juramento de Perrault, el resonante impacto de un garrote contra un armazón huesudo y un agudo aullido de dolor, anunciaron el estallido del pandemónium. De repente se descubrió que el campamento estaba lleno de formas peludas que merodeaban... huskies hambrientos, cuatro o cinco veintenas de ellos, que habían olfateado el campamento desde algún poblado indio. Se habían colado mientras Buck y Spitz luchaban, y cuando los dos hombres se lanzaron entre ellos con robustos garrotes enseñaron los dientes y se defendieron. Estaban enloquecidos por el olor de la comida. Perrault encontró uno con la cabeza enterrada en la caja de alimentos. Su garrote cayó pesadamente sobre las costillas enjutas y la caja de alimentos volcó en el suelo. Al instante, una veintena de los famélicos brutos se abalanzaron sobre el pan y el tocino. Los garrotes cayeron sobre ellos sin que se les hiciera caso. Gritaron y aullaron bajo la lluvia de golpes, pero lucharon con locura hasta devorar la última miga.

Mientras tanto, los asombrados perros de tiro habían salido de sus nidos sólo para ser acosados por los feroces invasores. Buck nunca había visto perros así. Parecía como si sus huesos fueran a reventar a través de sus pieles. Eran meros esqueletos, envueltos en pieles estiradas, con ojos llameantes y colmillos hendidos. Pero la locura del hambre los hacía aterradores, irresistibles. No había forma de oponerse a ellos. Los perros del equipo fueron barridos hacia atrás contra el acantilado a la primera embestida. Buck fue acosado por tres huskies, y en un tris su cabeza y hombros fueron desgarrados y cortados. El estruendo era espantoso. Billee lloraba como de costumbre. Dave y Sol-leks, chorreando sangre por una veintena de heridas, luchaban valientemente codo a codo. Joe chasqueaba como un demonio. Una vez, sus dientes se cerraron sobre la pata delantera de un husky, y crujió hasta el hueso. Pike,

mal, breaking its neck with a quick flash of teeth and a jerk, Buck got a frothing adversary by the throat, and was sprayed with blood when his teeth sank through the jugular. The warm taste of it in his mouth goaded him to greater fierceness. He flung himself upon another, and at the same time felt teeth sink into his own throat. It was Spitz, treacherously attacking from the side.

Perrault and François, having cleaned out their part of the camp, hurried to save their sled-dogs. The wild wave of famished beasts rolled back before them, and Buck shook himself free. But it was only for a moment. The two men were compelled to run back to save the grub, upon which the huskies returned to the attack on the team. Billee, terrified into bravery, sprang through the savage circle and fled away over the ice. Pike and Dub followed on his heels, with the rest of the team behind. As Buck drew himself together to spring after them, out of the tail of his eye he saw Spitz rush upon him with the evident intention of overthrowing him. Once off his feet and under that mass of huskies, there was no hope for him. But he braced himself to the shock of Spitz's charge, then joined the flight out on the lake.

Later, the nine team-dogs gathered together and sought shelter in the forest. Though unpursued, they were in a sorry plight. There was not one who was not wounded in four or five places, while some were wounded grievously. Dub was badly injured in a hind leg; Dolly, the last husky added to the team at Dyea, had a badly torn throat; Joe had lost an eye; while Billee, the good-natured, with an ear chewed and rent to ribbons, cried and whimpered throughout the night. At daybreak they limped warily back to camp, to find the marauders gone and the two men in bad tempers. Fully half their grub supply was gone. The huskies had chewed through the sled lashings and canvas coverings. In fact, nothing, no matter how remotely eatable, had escaped them. They had eaten a pair of Perrault's moose-hide moccasins, chunks out of the leather traces, and even two feet of lash from the end of François's whip. He broke from a mournful contemplation of it to look over his wounded dogs.

"Ah, my frien's," he said softly, "mebbe it mek you mad dog, dose

el malhechor, saltó sobre el animal lisiado, rompiéndole el cuello con un rápido destello de dientes y un tirón, Buck agarró a un espumoso adversario por la garganta, y fue rociado con sangre cuando sus dientes se hundieron a través de la yugular. Su cálido sabor en la boca le incitó a una mayor ferocidad. Se lanzó sobre otro, y al mismo tiempo sintió que los dientes se hundían en su propia garganta. Era Spitz, que atacaba a traición por el costado.

Perrault y François, habiendo limpiado su parte del campamento, se apresuraron a salvar a sus perros de trineo. La salvaje oleada de famélicas bestias retrocedió ante ellos, y Buck se sacudió para liberarse. Pero fue sólo por un momento. Los dos hombres se vieron obligados a volver corriendo para salvar los alimentos, tras lo cual los huskies volvieron al ataque contra el equipo. Billee, aterrorizado hasta la valentía, saltó a través del círculo salvaje y huyó sobre el hielo. Pike y Dub le seguían los talones, con el resto del equipo detrás. Cuando Buck se recompuso para saltar tras ellos, vio por el rabo del ojo que Spitz se lanzaba sobre él con la evidente intención de derribarle. Una vez fuera de sí y bajo aquella masa de huskies, no había esperanza para él. Pero se preparó para el choque de la carga de Spitz, y luego se unió a la huida hacia el lago.

Más tarde, los nueve perros del equipo se reunieron y buscaron refugio en el bosque. Aunque no les perseguían, se encontraban en una situación lamentable. No había ni uno que no estuviera herido en cuatro o cinco sitios, mientras que algunos estaban gravemente heridos. Dub estaba malherido en una pata trasera; Dolly, el último husky añadido al equipo en Dyea, tenía la garganta muy desgarrada; Joe había perdido un ojo; mientras que Billee, el bonachón, con una oreja mordida y rasgada a tiras, lloró y gimoteó durante toda la noche. Al amanecer regresaron cojeando cautelosamente al campamento, para encontrarse con que los merodeadores se habían ido y los dos hombres estaban de mal humor. Los huskies habían masticado las amarras del trineo y las cubiertas de lona. De hecho, nada, por remotamente comestible que fuera, se les había escapado. Se habían comido un par de mocasines de piel de alce de Perrault, trozos de las riendas de cuero e incluso dos pies del extremo del látigo de François. Éste interrumpió su lúgubre contemplación para mirar por encima de sus perros heridos.

«Ah, amigo mío», dijo suavemente, «tal vez se hayan vuelto todos los

many bites. Mebbe all mad dog, sacredam! Wot you t'ink, eh, Perrault?"

The courier shook his head dubiously. With four hundred miles of trail still between him and Dawson, he could ill afford to have madness break out among his dogs. Two hours of cursing and exertion got the harnesses into shape, and the wound-stiffened team was under way, struggling painfully over the hardest part of the trail they had yet encountered, and for that matter, the hardest between them and Dawson.

The Thirty Mile River was wide open. Its wild water defied the frost, and it was in the eddies only and in the quiet places that the ice held at all. Six days of exhausting toil were required to cover those thirty terrible miles. And terrible they were, for every foot of them was accomplished at the risk of life to dog and man. A dozen times, Perrault, nosing the way broke through the ice bridges, being saved by the long pole he carried, which he so held that it fell each time across the hole made by his body. But a cold snap was on, the thermometer registering fifty below zero, and each time he broke through he was compelled for very life to build a fire and dry his garments.

Nothing daunted him. It was because nothing daunted him that he had been chosen for government courier. He took all manner of risks, resolutely thrusting his little weazened face into the frost and struggling on from dim dawn to dark. He skirted the frowning shores on rim ice that bent and crackled under foot and upon which they dared not halt. Once, the sled broke through, with Dave and Buck, and they were half-frozen and all but drowned by the time they were dragged out. The usual fire was necessary to save them. They were coated solidly with ice, and the two men kept them on the run around the fire, sweating and thawing, so close that they were singed by the flames.

At another time Spitz went through, dragging the whole team after him up to Buck, who strained backward with all his strength, his fore paws on the slippery edge and the ice quivering and snapping all around. But behind him was Dave, likewise straining backward, and behind the sled was François, pulling till his tendons cracked.

perros locos, tantos mordiscos. ¡Tal vez todos los perros, maldición! ¿Qué piensas, eh, Perrault?».

El mensajero sacudió la cabeza dubitativo. Con cuatrocientas millas de rastro aún entre él y Dawson, difícilmente podía permitirse que se desatara la locura entre sus perros. Dos horas de maldiciones y esfuerzos pusieron los arneses en forma y el equipo, rígido por las heridas, se puso en marcha, luchando penosamente por la parte más dura del rastro que habían encontrado hasta entonces y, por lo demás, la más dura, entre ellos y Dawson.

El río Thirty Mile no estaba helado. Sus aguas salvajes desafiaban la escarcha, y era sólo en los remolinos y en los lugares tranquilos donde el hielo se mantenía firme. Se necesitaron seis días de agotador trabajo para cubrir esas treinta terribles millas. Y terribles fueron, pues cada pie de ellas se recorrió a riesgo de la vida del perro y del hombre. Una docena de veces, Perrault, abriéndose paso, rompió los puentes de hielo, salvándose gracias a la larga pértiga que llevaba, que lo sujetaba cada vez que caía por el agujero hecho por su cuerpo. Pero había una ola de frío, el termómetro registraba cincuenta bajo cero, y cada vez que se abría paso se veía obligado, para salvar su vida, a encender un fuego y secar sus ropas.

Nada le amedrentaba. Fue porque nada le amedrentaba que había sido elegido mensajero del gobierno. Corría todo tipo de riesgos, hundiendo resueltamente su pequeño rostro ajado en la escarcha y luchando desde el tenue amanecer hasta el anochecer. Bordeaba las fruncidas orillas sobre un hielo que se doblaba y crepitaba bajo los pies y sobre el que no se atrevían a detenerse. Una vez, el trineo se coló, con Dave y Buck, y estaban medio congelados y casi ahogados para cuando los sacaron a rastras. Fue necesario encender el fuego habitual para salvarlos. Estaban sólidamente cubiertos de hielo, y los dos hombres los mantuvieron corriendo alrededor del fuego, sudando y descongelándose, tan cerca que se chamuscaron con las llamas.

En otro momento Spitz se hundió, arrastrando a todo el equipo tras él hasta Buck, que hacía fuerza hacia atrás con toda su potencia, con las patas delanteras en el borde resbaladizo y el hielo temblando y rompiéndose a su alrededor. Pero detrás de él estaba Dave, igualmente haciendo fuerza hacia atrás, y detrás del trineo estaba François, tirando hasta que sus tendones crujieron.

Again, the rim ice broke away before and behind, and there was no escape except up the cliff. Perrault scaled it by a miracle, while François prayed for just that miracle; and with every thong and sled lashing and the last bit of harness rove into a long rope, the dogs were hoisted, one by one, to the cliff crest. François came up last, after the sled and load. Then came the search for a place to descend, which descent was ultimately made by the aid of the rope, and night found them back on the river with a quarter of a mile to the day's credit.

By the time they made the Hootalinqua and good ice, Buck was played out. The rest of the dogs were in like condition; but Perrault, to make up lost time, pushed them late and early. The first day they covered thirty-five miles to the Big Salmon; the next day thirty-five more to the Little Salmon; the third day forty miles, which brought them well up toward the Five Fingers.

Buck's feet were not so compact and hard as the feet of the huskies. His had softened during the many generations since the day his last wild ancestor was tamed by a cave-dweller or river man. All day long he limped in agony, and camp once made, lay down like a dead dog. Hungry as he was, he would not move to receive his ration of fish, which François had to bring to him. Also, the dog-driver rubbed Buck's feet for half an hour each night after supper, and sacrificed the tops of his own moccasins to make four moccasins for Buck. This was a great relief, and Buck caused even the weazened face of Perrault to twist itself into a grin one morning, when François forgot the moccasins and Buck lay on his back, his four feet waving appealingly in the air, and refused to budge without them. Later his feet grew hard to the trail, and the worn-out foot-gear was thrown away.

At the Pelly one morning, as they were harnessing up, Dolly, who had never been conspicuous for anything, went suddenly mad. She announced her condition by a long, heartbreaking wolf howl that sent every dog bristling with fear, then sprang straight for Buck. He had never seen a dog go mad, nor did he have any reason to fear madness; yet he knew that here was horror, and fled away from it in a panic. Straight away he raced, with Dolly, panting and frothing, one

De nuevo, el borde de hielo se rompió por delante y por detrás, y no había otra escapatoria que subir por el acantilado. Perrault lo escaló de milagro, mientras François rezaba precisamente por ese milagro; y con todas las correas y lazos del trineo y el último trozo de arnés enrollado en una larga cuerda, los perros fueron izados, uno a uno, hasta la cresta del acantilado. François subió el último, tras el trineo y la carga. Luego vino la búsqueda de un lugar para descender, descenso que finalmente se hizo con la ayuda de la cuerda, y la noche los encontró de nuevo en el río con un cuarto de milla en el haber del día.

Para cuando llegaron al Hootalinqua y al hielo bueno, Buck estaba agotado. El resto de los perros estaban en las mismas condiciones; pero Perrault, para recuperar el tiempo perdido, los empujó tarde y temprano. El primer día recorrieron treinta y cinco millas hasta el Big Salmon; al día siguiente, treinta y cinco más hasta el Small Salmon; el tercer día, cuarenta millas, lo que les llevó bien arriba hacia el Five Fingers.

Los pies de Buck no eran tan compactos y duros como los de los huskies. Los suyos se habían reblandecido durante las muchas generaciones transcurridas desde el día en que su último antepasado salvaje fue domesticado por un cavernícola u hombre de río. Durante todo el día cojeaba agónicamente y, una vez hecho el campamento, se echaba como un perro muerto. Hambriento como estaba, no se movía para recibir su ración de pescado, que François tenía que llevarle. Además, el conductor de perros frotaba los pies de Buck durante media hora cada noche después de la cena, y sacrificó la parte superior de sus propios mocasines para hacer cuatro mocasines para Buck. Esto supuso un gran alivio, y Buck hizo que incluso el cansado rostro de Perrault se torciera en una sonrisa una mañana, cuando François olvidó los mocasines y Buck yacía de espaldas, con sus cuatro pies ondeando atractivamente en el aire, y se negaba a moverse sin ellos. Más tarde sus pies se endurecieron debido al camino, y el gastado calzado fue desechado.

En el Pelly, una mañana, mientras enjaezaban, Dolly, que nunca se había destacado por nada, enloqueció de repente. Anunció su estado con un largo y desgarrador aullido de lobo que erizó de miedo a todos los perros, y luego saltó directamente hacia Buck. Éste nunca había visto a un perro volverse loco, ni tenía motivos para temer la locura; sin embargo, sabía que allí estaba el horror y huyó despavorido. Salió corriendo, con Dolly, jadeante y espumeante, un salto por detrás; ni ella

leap behind; nor could she gain on him, so great was his terror, nor could he leave her, so great was her madness. He plunged through the wooded breast of the island, flew down to the lower end, crossed a back channel filled with rough ice to another island, gained a third island, curved back to the main river, and in desperation started to cross it. And all the time, though he did not look, he could hear her snarling just one leap behind. François called to him a quarter of a mile away and he doubled back, still one leap ahead, gasping painfully for air and putting all his faith in that François would save him. The dog-driver held the axe poised in his hand, and as Buck shot past him the axe crashed down upon mad Dolly's head.

Buck staggered over against the sled, exhausted, sobbing for breath, helpless. This was Spitz's opportunity. He sprang upon Buck, and twice his teeth sank into his unresisting foe and ripped and tore the flesh to the bone. Then François's lash descended, and Buck had the satisfaction of watching Spitz receive the worst whipping as yet administered to any of the teams.

"One devil, dat Spitz," remarked Perrault. "Some dam day heem keel dat Buck."

"Dat Buck two devils," was François's rejoinder. "All de tam I watch dat Buck I know for sure. Lissen: some dam fine day heem get mad lak hell an' den heem chew dat Spitz all up an' spit heem out on de snow. Sure. I know."

From then on it was war between them. Spitz, as lead-dog and acknowledged master of the team, felt his supremacy threatened by this strange Southland dog. And strange Buck was to him, for of the many Southland dogs he had known, not one had shown up worthily in camp and on trail. They were all too soft, dying under the toil, the frost, and starvation. Buck was the exception. He alone endured and prospered, matching the husky in strength, savagery, and cunning. Then he was a masterful dog, and what made him dangerous was the fact that the club of the man in the red sweater had knocked all blind pluck and rashness out of his desire for mastery. He was pre-eminently cunning, and could bide his time with a patience that was nothing less than primitive.

pudo alcanzarle, tan grande era su terror, ni él pudo abandonarla, tan grande era su locura. Él se internó por el seno boscoso de la isla, se abalanzó hasta el extremo inferior, cruzó un canal trasero lleno de hielo áspero hasta otra isla, alcanzó una tercera isla, dobló de nuevo hacia el río principal y, desesperado, empezó a cruzarlo. Y todo el tiempo, aunque no miraba, podía oírla gruñir justo un salto por detrás. François le llamó a un cuarto de milla de distancia y él retrocedió, todavía un salto por delante, jadeando dolorosamente en busca de aire y poniendo toda su fe en que François le salvaría. El perrero tenía el hacha en la mano, y cuando Buck pasó disparado junto a él, el hacha se estrelló contra la cabeza de la loca Dolly.

Buck se tambaleó contra el trineo, exhausto, sollozando, casi sin respiración, impotente. Ésta era la oportunidad de Spitz. Se lanzó sobre Buck y dos veces sus dientes se hundieron en su enemigo que no se resistía y desgarraron y arrancaron la carne hasta el hueso. Entonces descendió el látigo de François, y Buck tuvo la satisfacción de ver cómo Spitz recibía el peor azote administrado hasta entonces a cualquiera del equipo.

«Un diablo, ese Spitz», comentó Perrault. «Algún maldito día matará a ese Buck».

«Con ese Buck, dos demonios», fue la réplica de François. «Todo el tiempo que observo a ese Buck lo sé con certeza. Escucha: algún maldito buen día se enfadará como un demonio y masticará a ese Spitz y lo escupirá sobre la nieve. Estoy seguro, lo sé».

A partir de entonces fue la guerra entre ellos. Spitz, como perro líder y reconocido guía del equipo, sintió su supremacía amenazada por este extraño perro de las Tierras del Sur. Y extraño era Buck para él, pues de los muchos perros de las Tierras del Sur que había conocido, ninguno se había mostrado digno en el campamento y en el rastro. Todos eran demasiado blandos, moribundos, bajo el trabajo, las heladas y el hambre. Buck era la excepción. Sólo él aguantó y prosperó, igualando al husky en fuerza, salvajismo y astucia. Además, era un perro dominante, y lo que le hacía peligroso era el hecho de que el garrote del hombre del jersey rojo había despojado todo ciego arrojo y temeridad de su deseo de dominio. Era preeminentemente astuto, y podía esperar su momento con una paciencia que no era nada menos que primitiva.

It was inevitable that the clash for leadership should come. Buck wanted it. He wanted it because it was his nature, because he had been gripped tight by that nameless, incomprehensible pride of the trail and trace—that pride which holds dogs in the toil to the last gasp, which lures them to die joyfully in the harness, and breaks their hearts if they are cut out of the harness. This was the pride of Dave as wheel-dog, of Sol-leks as he pulled with all his strength; the pride that laid hold of them at break of camp, transforming them from sour and sullen brutes into straining, eager, ambitious creatures; the pride that spurred them on all day and dropped them at pitch of camp at night, letting them fall back into gloomy unrest and uncontent. This was the pride that bore up Spitz and made him thrash the sled-dogs who blundered and shirked in the traces or hid away at harness-up time in the morning. Likewise it was this pride that made him fear Buck as a possible lead-dog. And this was Buck's pride, too.

He openly threatened the other's leadership. He came between him and the shirks he should have punished. And he did it deliberately. One night there was a heavy snowfall, and in the morning Pike, the malingerer, did not appear. He was securely hidden in his nest under a foot of snow. François called him and sought him in vain. Spitz was wild with wrath. He raged through the camp, smelling and digging in every likely place, snarling so frightfully that Pike heard and shivered in his hiding-place.

But when he was at last unearthed, and Spitz flew at him to punish him, Buck flew, with equal rage, in between. So unexpected was it, and so shrewdly managed, that Spitz was hurled backward and off his feet. Pike, who had been trembling abjectly, took heart at this open mutiny, and sprang upon his overthrown leader. Buck, to whom fair play was a forgotten code, likewise sprang upon Spitz. But François, chuckling at the incident while unswerving in the administration of justice, brought his lash down upon Buck with all his might. This failed to drive Buck from his prostrate rival, and the butt of the whip was brought into play. Half-stunned by the blow, Buck was knocked backward and the lash laid upon him again and again, while Spitz soundly punished the many times offending Pike.

Era inevitable que se produjera el choque por el liderazgo. Buck lo quería. Lo quería porque era su naturaleza, porque le había apresado con fuerza ese orgullo sin nombre e incomprensible del rastro y las riendas... ese orgullo que mantiene a los perros en la faena hasta el último suspiro, que les atrae para que mueran alegremente en el arnés y les rompe el corazón si les cortan el arnés. Este era el orgullo de Dave como perro de varas, de Sol-leks cuando tiraba con todas sus fuerzas; el orgullo que se apoderaba de ellos al levantar el campamento, transformándolos de brutos agrios y hoscos en criaturas esforzadas, ansiosas y ambiciosas; el orgullo que los estimulaba durante todo el día y los dejaba caer al levantar el campamento por la noche, dejándolos caer de nuevo en la sombría inquietud y el descontento. Éste era el orgullo que animaba a Spitz y le hacía maltratar a los perros de trineo que se equivocaban y eludían las riendas o se escondían a la hora del enganche por la mañana. Del mismo modo, era este orgullo el que le hacía temer a Buck como posible perro guía. Y éste era también el orgullo de Buck.

Amenazó abiertamente el liderazgo del otro. Se interpuso entre él y los evasores a los que debería haber castigado. Y lo hizo deliberadamente. Una noche cayó una fuerte nevada y por la mañana Pike, el malhechor, no apareció. Estaba bien escondido en su nido bajo un pie de nieve. François lo llamó y lo buscó en vano. Spitz estaba loco de ira. Recorrió el campamento con furia, olfateando y escarbando en todos los lugares probables, gruñendo tan espantosamente que Pike lo oyó y se estremeció en su escondite.

Pero cuando por fin fue desenterrado, y Spitz se abalanzó hacia él para castigarle, Buck se abalanzó, con igual furia, entre ambos. Tan inesperado fue, y tan astutamente manejado, que Spitz fue lanzado hacia atrás y cayó de pie. Pike, que había estado temblando abyectamente, se animó ante este abierto motín, y saltó sobre su derrocado líder. Buck, para quien el juego limpio era un código olvidado, saltó igualmente sobre Spitz. Pero François, riéndose del incidente mientras se mantenía inquebrantable en la administración de justicia, hizo caer su látigo sobre Buck con todas sus fuerzas. Esto no consiguió apartar a Buck de su postrado rival, y la culata del látigo entró en juego. Medio aturdido por el golpe, Buck fue derribado hacia atrás y el látigo cayó sobre él una y otra vez, mientras Spitz castigaba sonoramente al muchas veces ofensor Pike.

In the days that followed, as Dawson grew closer and closer, Buck still continued to interfere between Spitz and the culprits; but he did it craftily, when François was not around. With the covert mutiny of Buck, a general insubordination sprang up and increased. Dave and Sol-leks were unaffected, but the rest of the team went from bad to worse. Things no longer went right. There was continual bickering and jangling. Trouble was always afoot, and at the bottom of it was Buck. He kept François busy, for the dog-driver was in constant apprehension of the life-and-death struggle between the two which he knew must take place sooner or later; and on more than one night the sounds of quarrelling and strife among the other dogs turned him out of his sleeping robe, fearful that Buck and Spitz were at it.

But the opportunity did not present itself, and they pulled into Dawson one dreary afternoon with the great fight still to come. Here were many men, and countless dogs, and Buck found them all at work. It seemed the ordained order of things that dogs should work. All day they swung up and down the main street in long teams, and in the night their jingling bells still went by. They hauled cabin logs and firewood, freighted up to the mines, and did all manner of work that horses did in the Santa Clara Valley. Here and there Buck met Southland dogs, but in the main they were the wild wolf husky breed. Every night, regularly, at nine, at twelve, at three, they lifted a nocturnal song, a weird and eerie chant, in which it was Buck's delight to join.

With the aurora borealis flaming coldly overhead, or the stars leaping in the frost dance, and the land numb and frozen under its pall of snow, this song of the huskies might have been the defiance of life, only it was pitched in minor key, with long-drawn wailings and half-sobs, and was more the pleading of life, the articulate travail of existence. It was an old song, old as the breed itself—one of the first songs of the younger world in a day when songs were sad. It was invested with the woe of unnumbered generations, this plaint by which Buck was so strangely stirred. When he moaned and sobbed, it was with the pain of living that was of old the pain of his wild fathers, and the fear and mystery of the cold and dark that was to them fear and mystery. And that he should be stirred by it marked the completeness with which he harked back through the ages of fire and roof to the

En los días siguientes, mientras Dawson se acercaba cada vez más, Buck seguía interfiriendo entre Spitz y los culpables; pero lo hacía astutamente, cuando François no estaba cerca. Con el motín encubierto de Buck, surgió y aumentó una insubordinación general. Dave y Sol-leks no se vieron afectados, pero el resto del equipo fue de mal en peor. Las cosas ya no iban bien. Había continuas riñas y jaleos. Siempre había problemas, y en el fondo de ellos estaba Buck. Mantenía ocupado a François, pues el conductor de perros temía constantemente la lucha a vida o muerte entre ambos, que sabía que tendría lugar tarde o temprano; y más de una noche los ruidos de peleas y contiendas entre los otros perros le sacaron de su bolsa de dormir, temeroso de que Buck y Spitz estuvieran enzarzados.

Pero la oportunidad no se presentó, y llegaron a Dawson una tarde lúgubre en la que la gran lucha aún estaba por llegar. Aquí había muchos hombres e innumerables perros, y Buck los encontró a todos trabajando. Parecía el orden establecido de las cosas que los perros trabajaran. Todo el día subían y bajaban por la calle principal en largos equipos, y por la noche seguían sonando sus tintineantes campanillas. Transportaban troncos de cabaña y leña, cargaban hasta las minas y hacían todo tipo de trabajos que hacían los caballos en el valle de Santa Clara. Aquí y allá Buck se encontró con perros de las Tierras del Sur, pero en su mayoría eran de la raza husky, lobo salvaje. Todas las noches, con regularidad, a las nueve, a las doce, a las tres, entonaban un canto nocturno, un cántico extraño y espeluznante, en el que era un placer para Buck unirse.

Con la aurora boreal flameando fríamente sobre sus cabezas, o las estrellas saltando en la danza de la escarcha, y la tierra entumecida y helada bajo su manto de nieve, esta canción de los huskies podría haber sido el desafío de la vida, sólo que estaba entonada en tono menor, con largos lamentos y semi sollozos, y era más la súplica de la vida, el articulado afán de la existencia. Era una vieja canción, vieja como la raza misma... una de las primeras canciones del mundo joven en un día en que las canciones eran tristes. Estaba revestido del dolor de generaciones sin número, este lamento por el que Buck se sintió tan extrañamente conmovido. Cuando gemía y sollozaba, era con el dolor de vivir que era antiguamente el dolor de sus salvajes padres, y el miedo y el misterio del frío y la oscuridad que era para ellos miedo y misterio. Y que se conmoviera por ello marcaba la plenitud con la que se remontaba a través de las eras

raw beginnings of life in the howling ages.

Seven days from the time they pulled into Dawson, they dropped down the steep bank by the Barracks to the Yukon Trail, and pulled for Dyea and Salt Water. Perrault was carrying despatches if anything more urgent than those he had brought in; also, the travel pride had gripped him, and he purposed to make the record trip of the year. Several things favored him in this. The week's rest had recuperated the dogs and put them in thorough trim. The trail they had broken into the country was packed hard by later journeyers. And further, the police had arranged in two or three places deposits of grub for dog and man, and he was travelling light.

They made Sixty Mile, which is a fifty-mile run, on the first day; and the second day saw them booming up the Yukon well on their way to Pelly. But such splendid running was achieved not without great trouble and vexation on the part of François. The insidious revolt led by Buck had destroyed the solidarity of the team. It no longer was as one dog leaping in the traces. The encouragement Buck gave the rebels led them into all kinds of petty misdemeanors. No more was Spitz a leader greatly to be feared. The old awe departed, and they grew equal to challenging his authority. Pike robbed him of half a fish one night, and gulped it down under the protection of Buck. Another night Dub and Joe fought Spitz and made him forego the punishment they deserved. And even Billee, the good-natured, was less good-natured, and whined not half so placatingly as in former days. Buck never came near Spitz without snarling and bristling menacingly. In fact, his conduct approached that of a bully, and he was given to swaggering up and down before Spitz's very nose.

The breaking down of discipline likewise affected the dogs in their relations with one another. They quarrelled and bickered more than ever among themselves, till at times the camp was a howling bedlam. Dave and Sol-leks alone were unaltered, though they were made irritable by the unending squabbling. François swore strange barbarous oaths, and stamped the snow in futile rage, and tore his hair. His lash was always singing among the dogs, but it was of small avail. Directly his back was turned they were at it again. He backed up Spitz with his whip, while Buck backed up the remainder of the team. François knew he was behind all the trouble, and Buck knew he knew; but

de fuego y techo a los crudos comienzos de la vida en las eras aullantes.

Siete días después de llegar a Dawson, bajaron por la empinada orilla junto al cuartel hasta el rastro del Yukón, y se dirigieron a Dyea y Salt Water. Perrault llevaba despachos si cabe más urgentes que los que había traído; además, el orgullo viajero se había apoderado de él, y se proponía hacer el viaje récord del año. Varias cosas le favorecían en esto. La semana de descanso había recuperado a los perros y los había dejado en plena forma. El rastro que habían trazado en el territorio estaba muy transitado por viajeros más tardíos. Y además, la policía había dispuesto en dos o tres lugares depósitos de comida para el perro y el hombre, y él viajaba ligero.

Llegaron a Sixty Miles, que es una travesía de cincuenta millas, el primer día; y el segundo día los vio remontando el Yukón camino de Pelly. Pero tan espléndida travesía se logró no sin grandes problemas y disgustos por parte de François. La insidiosa revuelta encabezada por Buck había destruido la solidaridad del equipo. Éste ya no era como un solo perro saltando las riendas. El aliento que Buck daba a los rebeldes les llevaba a todo tipo de pequeñas fechorías. Spitz ya no era un líder al que temer. El viejo sobrecogimiento se había ido, y ellos crecieron a la altura de desafiar su autoridad. Una noche, Pike le robó medio pez y se lo engulló bajo la protección de Buck. Otra noche Dub y Joe se pelearon con Spitz y le hicieron renunciar al castigo que merecían. E incluso Billee, el bonachón, era menos bonachón y no lloriqueaba ni la mitad de apaciguador que antaño. Buck nunca se acercaba a Spitz sin gruñir y erizarse amenazadoramente. De hecho, su conducta se acercaba a la de un matón, y era dado a pavonearse ante las mismas narices de Spitz.

La ruptura de la disciplina afectó también a los perros en sus relaciones entre sí. Se peleaban y reñían más que nunca entre ellos, hasta que a veces el campamento era un caos aullante. Sólo Dave y Sol-leks se mantuvieron inalterables, aunque se volvieron irritables por las interminables riñas. François profería extraños juramentos bárbaros, pisoteaba la nieve con rabia inútil y se tiraba de los pelos. Su látigo cantaba siempre entre los perros, pero de poco servía. En cuanto daba la espalda, volvían a las andadas. Apoyó a Spitz con su látigo, mientras Buck apoyaba al resto del equipo. François sabía que estaba detrás de todo el lío, y Buck sabía que él lo sabía; pero Buck era demasiado listo para que

Buck was too clever ever again to be caught red-handed. He worked faithfully in the harness, for the toil had become a delight to him; yet it was a greater delight slyly to precipitate a fight amongst his mates and tangle the traces.

At the mouth of the Tahkeena, one night after supper, Dub turned up a snowshoe rabbit, blundered it, and missed. In a second the whole team was in full cry. A hundred yards away was a camp of the Northwest Police, with fifty dogs, huskies all, who joined the chase. The rabbit sped down the river, turned off into a small creek, up the frozen bed of which it held steadily. It ran lightly on the surface of the snow, while the dogs ploughed through by main strength. Buck led the pack, sixty strong, around bend after bend, but he could not gain. He lay down low to the race, whining eagerly, his splendid body flashing forward, leap by leap, in the wan white moonlight. And leap by leap, like some pale frost wraith, the snowshoe rabbit flashed on ahead.

All that stirring of old instincts which at stated periods drives men out from the sounding cities to forest and plain to kill things by chemically propelled leaden pellets, the blood lust, the joy to kill—all this was Buck's, only it was infinitely more intimate. He was ranging at the head of the pack, running the wild thing down, the living meat, to kill with his own teeth and wash his muzzle to the eyes in warm blood.

There is an ecstasy that marks the summit of life, and beyond which life cannot rise. And such is the paradox of living, this ecstasy comes when one is most alive, and it comes as a complete forgetfulness that one is alive. This ecstasy, this forgetfulness of living, comes to the artist, caught up and out of himself in a sheet of flame; it comes to the soldier, war-mad on a stricken field and refusing quarter; and it came to Buck, leading the pack, sounding the old wolf-cry, straining after the food that was alive and that fled swiftly before him through the moonlight. He was sounding the deeps of his nature, and of the parts of his nature that were deeper than he, going back into the womb of Time. He was mastered by the sheer surging of life, the tidal wave of being, the perfect joy of each separate muscle, joint, and sinew in that it was everything that was not death, that it was aglow and ram-

le volvieran a pillar con las manos en la masa. Trabajaba fielmente en el arnés, pues el trabajo se había convertido en una delicia para él; sin embargo, era una delicia mayor provocar astutamente una pelea entre sus compañeros y enredar las riendas.

En la desembocadura del Tahkeena, una noche después de la cena, Dub buscó un conejo de las nieves, lo despistó y no lo atrapó. En un segundo todo el equipo se puso a bramar. A cien yardas había un campamento de la Policía del Noroeste, con cincuenta perros, todos huskies, que se unieron a la persecución. El conejo bajó a toda velocidad por el río, se desvió hacia un pequeño arroyo, por cuyo lecho helado se mantuvo firme. Corría ligero sobre la superficie de la nieve, mientras los perros lo surcaban con su gran fuerza. Buck lideraba el pelotón, sesenta fuertes perros, curva tras curva, pero no podía ganar. Se echó a la carrera, gimoteando ansiosamente, su espléndido cuerpo relampagueando hacia delante, salto a salto, a la pálida luz blanca de la luna. Y salto a salto, como un pálido espectro de escarcha, el conejo de las nieves destellaba por delante.

Toda esa agitación de viejos instintos que en épocas señaladas impulsa a los hombres a salir de las sonoras ciudades al bosque y a la llanura para matar cosas con perdigones de plomo químicamente propulsados, la sed de sangre, la alegría de matar... todo eso era de Buck, sólo que era infinitamente más íntimo. Iba a la cabeza de la manada, persiguiendo a la cosa salvaje, la carne viva, para matarla con sus propios dientes y bañar su hocico hasta los ojos en sangre caliente.

Hay un éxtasis que marca la cumbre de la vida, y más allá del cual la vida no puede elevarse. Y tal es la paradoja de vivir, que este éxtasis llega cuando uno está más vivo, y llega como un completo olvido de que uno está vivo. Este éxtasis, este olvido de vivir, le llega al artista, atrapado y fuera de sí en una cortina de llamas; le llega al soldado, enloquecido por la guerra en un campo azotado y rechazando el cuartel; y le llegó a Buck, liderando la manada, haciendo sonar el viejo grito del lobo, esforzándose por alcanzar la comida que estaba viva y que huía velozmente ante él a través de la luz de la luna. Estaba sondeando las profundidades de su naturaleza, y de las partes de su naturaleza que eran más profundas que él, remontándose a las entrañas del Tiempo. Le dominaba el puro surgir de la vida, el maremoto del ser, el gozo perfecto de cada músculo, articulación y tendón por separado en que era todo lo que no era muerte,

pant, expressing itself in movement, flying exultantly under the stars and over the face of dead matter that did not move.

But Spitz, cold and calculating even in his supreme moods, left the pack and cut across a narrow neck of land where the creek made a long bend around. Buck did not know of this, and as he rounded the bend, the frost wraith of a rabbit still flitting before him, he saw another and larger frost wraith leap from the overhanging bank into the immediate path of the rabbit. It was Spitz. The rabbit could not turn, and as the white teeth broke its back in mid air it shrieked as loudly as a stricken man may shriek. At sound of this, the cry of Life plunging down from Life's apex in the grip of Death, the full pack at Buck's heels raised a hell's chorus of delight.

Buck did not cry out. He did not check himself, but drove in upon Spitz, shoulder to shoulder, so hard that he missed the throat. They rolled over and over in the powdery snow. Spitz gained his feet almost as though he had not been overthrown, slashing Buck down the shoulder and leaping clear. Twice his teeth clipped together, like the steel jaws of a trap, as he backed away for better footing, with lean and lifting lips that writhed and snarled.

In a flash Buck knew it. The time had come. It was to the death. As they circled about, snarling, ears laid back, keenly watchful for the advantage, the scene came to Buck with a sense of familiarity. He seemed to remember it all,—the white woods, and earth, and moonlight, and the thrill of battle. Over the whiteness and silence brooded a ghostly calm. There was not the faintest whisper of air—nothing moved, not a leaf quivered, the visible breaths of the dogs rising slowly and lingering in the frosty air. They had made short work of the snowshoe rabbit, these dogs that were ill-tamed wolves; and they were now drawn up in an expectant circle. They, too, were silent, their eyes only gleaming and their breaths drifting slowly upward. To Buck it was nothing new or strange, this scene of old time. It was as though it had always been, the wonted way of things.

Spitz was a practised fighter. From Spitzbergen through the Arc-

que estaba radiante y rampante, expresándose en movimiento, volando exultante bajo las estrellas y sobre la faz de la materia muerta que no se movía.

Pero Spitz, frío y calculador incluso en sus estados de ánimo supremos, abandonó la manada y cortó por un estrecho cuello de tierra donde el arroyo hacía un largo recodo. Buck no lo sabía, y al doblar la curva, con el espectro de escarcha de un conejo aún revoloteando ante él, vio a otro espectro de escarcha más grande saltar desde la orilla saliente hacia el camino inmediato del conejo. Era Spitz. El conejo no podía girarse, y cuando los dientes blancos le rompieron la espalda en el aire chilló tan fuerte como puede chillar un hombre herido. Al oírlo, el grito de la Vida que se precipitaba desde el vértice de la Vida en las garras de la Muerte, la jauría completa que pisaba los talones de Buck elevó un coro infernal de júbilo.

Buck no gritó. No se contuvo, sino que se abalanzó sobre Spitz, hombro con hombro, con tanta fuerza que no le dio en la garganta. Rodaron una y otra vez sobre la nieve en polvo. Spitz se puso en pie casi como si no hubiera sido derribado, atacó a Buck por el hombro y saltó libre. Dos veces sus dientes se entrechocaron, como las mandíbulas de acero de una trampa, mientras retrocedía en busca de un mejor equilibrio, con los labios delgados y levantados que se retorcían y gruñían.

En un instante Buck lo supo. Había llegado el momento. Era a muerte. Mientras daban vueltas alrededor, gruñendo, con las orejas echadas hacia atrás, agudamente atentos a la ventaja, la escena llegó a Buck con una sensación de familiaridad. Le parecía recordarlo todo... los bosques blancos, y la tierra, y la luz de la luna, y la emoción de la batalla. Sobre la blancura y el silencio brotaba una calma fantasmal. No había ni el más leve susurro de aire... nada se movía, ni una hoja temblaba, las respiraciones visibles de los perros elevándose lentamente y demorándose en el aire helado. Habían hecho un trabajo breve con el conejo de las nieves, estos perros que eran lobos mal domados; y ahora estaban reunidos en un círculo expectante. Ellos también estaban en silencio, sus ojos sólo brillaban y sus respiraciones subían lentamente. Para Buck no era nada nuevo ni extraño, esta escena de antaño. Era como si siempre hubiera sido así, la forma acostumbrada de las cosas.

Spitz era un luchador experimentado. Desde Spitzbergen, pasando

tic, and across Canada and the Barrens, he had held his own with all manner of dogs and achieved to mastery over them. Bitter rage was his, but never blind rage. In passion to rend and destroy, he never forgot that his enemy was in like passion to rend and destroy. He never rushed till he was prepared to receive a rush; never attacked till he had first defended that attack.

In vain Buck strove to sink his teeth in the neck of the big white dog. Wherever his fangs struck for the softer flesh, they were countered by the fangs of Spitz. Fang clashed fang, and lips were cut and bleeding, but Buck could not penetrate his enemy's guard. Then he warmed up and enveloped Spitz in a whirlwind of rushes. Time and time again he tried for the snow-white throat, where life bubbled near to the surface, and each time and every time Spitz slashed him and got away. Then Buck took to rushing, as though for the throat, when, suddenly drawing back his head and curving in from the side, he would drive his shoulder at the shoulder of Spitz, as a ram by which to overthrow him. But instead, Buck's shoulder was slashed down each time as Spitz leaped lightly away.

Spitz was untouched, while Buck was streaming with blood and panting hard. The fight was growing desperate. And all the while the silent and wolfish circle waited to finish off whichever dog went down. As Buck grew winded, Spitz took to rushing, and he kept him staggering for footing. Once Buck went over, and the whole circle of sixty dogs started up; but he recovered himself, almost in mid air, and the circle sank down again and waited.

But Buck possessed a quality that made for greatness—imagination. He fought by instinct, but he could fight by head as well. He rushed, as though attempting the old shoulder trick, but at the last instant swept low to the snow and in. His teeth closed on Spitz's left fore leg. There was a crunch of breaking bone, and the white dog faced him on three legs. Thrice he tried to knock him over, then repeated the trick and broke the right fore leg. Despite the pain and helplessness, Spitz struggled madly to keep up. He saw the silent circle, with gleaming eyes, lolling tongues, and silvery breaths drifting upward, closing in upon him as he had seen similar circles close in upon beaten antago-

por el Ártico, y a través de Canadá y los Barrens, se había enfrentado a todo tipo de perros y había logrado dominarlos. Era suyo el furor amargo, pero nunca el furor ciego. En su pasión por desgarrar y destruir, nunca olvidaba que su enemigo tenía la misma pasión por desgarrar y destruir. Nunca se lanzaba hasta que estaba preparado para recibir una embestida; nunca atacaba hasta que primero había defendido ese ataque.

En vano Buck se esforzó por hundir sus dientes en el cuello del gran perro blanco. Dondequiera que sus colmillos golpeaban la carne más blanda, eran contrarrestados por los colmillos de Spitz. Colmillos chocaron colmillos y los labios se cortaron y sangraron, pero Buck no pudo penetrar la guardia de su enemigo. Entonces se animó y envolvió a Spitz en un torbellino de acometidas. Una y otra vez intentó alcanzar la garganta blanca como la nieve, donde la vida burbujeaba cerca de la superficie, y una y otra vez Spitz le atacó bruscamente y consiguió escapar. Entonces Buck se lanzó, como si fuera a por la garganta, cuando, echando repentinamente la cabeza hacia atrás y curvándose de lado, clavaba su hombro en el de Spitz, como un ariete con el que derribarle. Pero en lugar de eso, el hombro de Buck era golpeado cada vez que Spitz se alejaba con un ligero salto.

Spitz estaba intacto, mientras que Buck chorreaba sangre y jadeaba con fuerza. La lucha era cada vez más desesperada. Y todo el tiempo el círculo silencioso y lobuno esperaba para acabar con el perro que cayera. A medida que Buck se iba quedando sin aliento, Spitz se lanzaba a la carrera, y lo mantenía tambaleándose a pie firme. Una vez Buck cayó, y todo el círculo de sesenta perros se puso en movimiento; pero se recuperó, casi en el aire, y el círculo se agazapó de nuevo y esperó.

Pero Buck poseía una cualidad que le hacía grande... la imaginación. Luchaba por instinto, pero también podía hacerlo con la cabeza. Se abalanzó, como si intentara el viejo truco del hombro, pero en el último instante barrió hacia la nieve y entró en ella. Sus dientes se cerraron sobre la pata delantera izquierda de Spitz. Hubo un crujido de hueso roto, y el perro blanco se enfrentó a él a tres patas. Tres veces intentó derribarlo, luego repitió el truco y le rompió la pata delantera derecha. A pesar del dolor y la impotencia, Spitz luchó locamente por mantenerse a su altura. Vio el círculo silencioso, con los ojos brillantes, las lenguas colgantes y la respiración entrecortada, acercándose a él como había visto círcu-

nists in the past. Only this time he was the one who was beaten.

There was no hope for him. Buck was inexorable. Mercy was a thing reserved for gentler climes. He manœuvred for the final rush. The circle had tightened till he could feel the breaths of the huskies on his flanks. He could see them, beyond Spitz and to either side, half crouching for the spring, their eyes fixed upon him. A pause seemed to fall. Every animal was motionless as though turned to stone. Only Spitz quivered and bristled as he staggered back and forth, snarling with horrible menace, as though to frighten off impending death. Then Buck sprang in and out; but while he was in, shoulder had at last squarely met shoulder. The dark circle became a dot on the moon-flooded snow as Spitz disappeared from view. Buck stood and looked on, the successful champion, the dominant primordial beast who had made his kill and found it good.

los similares acercarse a antagonistas derrotados en el pasado. Sólo que esta vez era él el vencido.

No había esperanza para él. Buck era inexorable. La piedad era algo reservado para climas más suaves. Maniobró para la acometida final. El círculo se había estrechado hasta que pudo sentir la respiración de los huskies en sus flancos. Podía verlos, más allá de Spitz y a ambos lados, medio agazapados para el salto, con los ojos fijos en él. Pareció producirse una pausa. Todos los animales estaban inmóviles como convertidos en piedra. Sólo Spitz temblaba y se erizaba mientras se tambaleaba de un lado a otro, gruñendo amenazadoramente, como si quisiera espantar una muerte inminente. Entonces Buck saltó hacia dentro y hacia fuera; pero mientras estaba dentro, el hombro por fin se había encontrado de lleno con el hombro. El círculo oscuro se convirtió en un punto sobre la nieve inundada por la luna cuando Spitz desapareció de la vista. Buck se quedó mirando, el campeón triunfador, la bestia primordial dominante que había realizado su matanza y la había encontrado buena.

CHAPTER IV — WHO HAS WON TO MASTERSHIP

"Eh? Wot I say? I spik true w'en I say dat Buck two devils." This was François's speech next morning when he discovered Spitz missing and Buck covered with wounds. He drew him to the fire and by its light pointed them out.

"Dat Spitz fight lak hell," said Perrault, as he surveyed the gaping rips and cuts.

"An' dat Buck fight lak two hells," was François's answer. "An' now we make good time. No more Spitz, no more trouble, sure."

While Perrault packed the camp outfit and loaded the sled, the dog-driver proceeded to harness the dogs. Buck trotted up to the place Spitz would have occupied as leader; but François, not noticing him, brought Sol-leks to the coveted position. In his judgment, Sol-leks was the best lead-dog left. Buck sprang upon Sol-leks in a fury, driving him back and standing in his place.

"Eh? eh?" François cried, slapping his thighs gleefully. "Look at dat Buck. Heem keel dat Spitz, heem t'ink to take de job."

"Go 'way, Chook!" he cried, but Buck refused to budge.

He took Buck by the scruff of the neck, and though the dog growled threateningly, dragged him to one side and replaced Sol-leks. The old dog did not like it, and showed plainly that he was afraid of Buck. François was obdurate, but when he turned his back Buck again displaced Sol-leks, who was not at all unwilling to go.

François was angry. "Now, by Gar, I feex you!" he cried, coming back with a heavy club in his hand.

Buck remembered the man in the red sweater, and retreated slowly; nor did he attempt to charge in when Sol-leks was once more brought forward. But he circled just beyond the range of the club, snarling with bitterness and rage; and while he circled he watched

«¿Eh? ¿Qué dije? Digo la verdad cuando digo que Buck es dos demonios». Este fue el discurso de François a la mañana siguiente cuando descubrió que Spitz había desaparecido y Buck estaba cubierto de heridas. Lo atrajo hacia el fuego y a su luz se las señaló.

«Ese Spitz luchó como un demonio», dijo Perrault, mientras observaba los desgarros y cortes abiertos.

«Y ese Buck lucha como dos demonios», fue la respuesta de François. «Y ahora tenemos buen tiempo. No más Spitz, no más problemas, seguro».

Mientras Perrault preparaba el equipo de campamento y cargaba el trineo, el conductor de perros procedió a enjaezar a los perros. Buck trotó hasta el lugar que Spitz habría ocupado como líder; pero François, sin fijarse en él, llevó a Sol-leks al codiciado puesto. A su juicio, Sol-leks era el mejor perro líder que quedaba. Buck saltó sobre Sol-leks con furia, haciéndole retroceder y colocándose en su lugar.

«¿Eh? ¿eh?», gritó François, golpeándose los muslos alegremente. «Mira a ese Buck. Ha matado a ese Spitz y cree que se quedará con el puesto».

«¡Vete, chucho!», gritó, pero Buck se negó a ceder.

Cogió a Buck por el cuello y, aunque el perro gruñó amenazadoramente, lo arrastró hacia un lado y volvió a colocar a Sol-leks. Al viejo perro no le gustó, y demostró claramente que tenía miedo de Buck. François se mostró obstinado, pero cuando le dio la espalda, Buck desplazó de nuevo a Sol-leks, que no se mostró en absoluto reacio a irse.

François estaba furioso. «¡Ahora, por Dios, te voy a arreglar!», gritó, volviendo con un pesado garrote en la mano.

Buck se acordó del hombre del jersey rojo y retrocedió lentamente; tampoco intentó embestir cuando Sol-leks se adelantó de nuevo. Pero dio vueltas justo más allá del alcance del garrote, gruñendo con amargura y rabia; y mientras daba vueltas vigilaba el garrote para esquivarlo

the club so as to dodge it if thrown by François, for he was become wise in the way of clubs. The driver went about his work, and he called to Buck when he was ready to put him in his old place in front of Dave. Buck retreated two or three steps. François followed him up, whereupon he again retreated. After some time of this, François threw down the club, thinking that Buck feared a thrashing. But Buck was in open revolt. He wanted, not to escape a clubbing, but to have the leadership. It was his by right. He had earned it, and he would not be content with less.

Perrault took a hand. Between them they ran him about for the better part of an hour. They threw clubs at him. He dodged. They cursed him, and his fathers and mothers before him, and all his seed to come after him down to the remotest generation, and every hair on his body and drop of blood in his veins; and he answered curse with snarl and kept out of their reach. He did not try to run away, but retreated around and around the camp, advertising plainly that when his desire was met, he would come in and be good.

François sat down and scratched his head. Perrault looked at his watch and swore. Time was flying, and they should have been on the trail an hour gone. François scratched his head again. He shook it and grinned sheepishly at the courier, who shrugged his shoulders in sign that they were beaten. Then François went up to where Sol-leks stood and called to Buck. Buck laughed, as dogs laugh, yet kept his distance. François unfastened Sol-leks's traces and put him back in his old place. The team stood harnessed to the sled in an unbroken line, ready for the trail. There was no place for Buck save at the front. Once more François called, and once more Buck laughed and kept away.

"T'row down de club," Perrault commanded.

François complied, whereupon Buck trotted in, laughing triumphantly, and swung around into position at the head of the team. His traces were fastened, the sled broken out, and with both men running they dashed out on to the river trail.

Highly as the dog-driver had forevalued Buck, with his two devils, he found, while the day was yet young, that he had undervalued. At

si lo lanzaba François, pues se había vuelto sabio en el manejo de los garrotes. El conductor siguió con su trabajo y llamó a Buck cuando estuvo listo para colocarlo en su antiguo lugar frente a Dave. Buck retrocedió dos o tres pasos. François le siguió, tras lo cual retrocedió de nuevo. Después de un rato así, François tiró el garrote, pensando que Buck temía una paliza. Pero Buck estaba en abierta rebelión. Quería, no escapar de una paliza, sino poseer el liderazgo. Era suyo por derecho. Se lo había ganado, y no se contentaría con menos.

Perrault le echó una mano. Entre los dos le corrieron durante casi una hora. Le lanzaron garrotazos. Él esquivó. Le maldijeron a él, y a sus padres y madres antes que a él, y a toda su descendencia que vendría después de él hasta la generación más remota, y a cada pelo de su cuerpo y gota de sangre de sus venas; y él respondió maldición con gruñido y se mantuvo fuera de su alcance. No intentó huir, sino que se retiró cada vez más y alrededor del campamento, anunciando claramente que cuando su deseo fuera satisfecho, vendría y se portaría bien.

François se sentó y se rascó la cabeza. Perrault miró su reloj y maldijo. El tiempo volaba y deberían haber llegado al rastro hacía una hora. François volvió a rascarse la cabeza. La sacudió y sonrió tímidamente al mensajero, que se encogió de hombros en señal de que estaban vencidos. Entonces François se acercó a donde estaba Sol-leks y llamó a Buck. Buck se rió, como se ríen los perros, pero mantuvo la distancia. François desató las riendas de Sol-leks y lo volvió a colocar en su antiguo lugar. El equipo permaneció enjaezado al trineo en una línea ininterrumpida, listo para el rastro. No había lugar para Buck salvo en la parte delantera. Una vez más François llamó, y una vez más Buck rió y se mantuvo alejado.

«Tira el garrote», ordenó Perrault.

François obedeció, tras lo cual Buck entró trotando, riendo triunfalmente, y se colocó en posición a la cabeza del equipo. Sus riendas fueron atadas, el trineo desplegado, y con ambos hombres corriendo se lanzaron al rastro del río.

Tan alto como el conductor de perros había valorado a Buck, con sus dos demonios, descubrió, cuando el día aún era joven, que lo había in-

a bound Buck took up the duties of leadership; and where judgment was required, and quick thinking and quick acting, he showed himself the superior even of Spitz, of whom François had never seen an equal.

But it was in giving the law and making his mates live up to it, that Buck excelled. Dave and Sol-leks did not mind the change in leadership. It was none of their business. Their business was to toil, and toil mightily, in the traces. So long as that were not interfered with, they did not care what happened. Billee, the good-natured, could lead for all they cared, so long as he kept order. The rest of the team, however, had grown unruly during the last days of Spitz, and their surprise was great now that Buck proceeded to lick them into shape.

Pike, who pulled at Buck's heels, and who never put an ounce more of his weight against the breast-band than he was compelled to do, was swiftly and repeatedly shaken for loafing; and ere the first day was done he was pulling more than ever before in his life. The first night in camp, Joe, the sour one, was punished roundly—a thing that Spitz had never succeeded in doing. Buck simply smothered him by virtue of superior weight, and cut him up till he ceased snapping and began to whine for mercy.

The general tone of the team picked up immediately. It recovered its old-time solidarity, and once more the dogs leaped as one dog in the traces. At the Rink Rapids two native huskies, Teek and Koona, were added; and the celerity with which Buck broke them in took away François's breath.

"Nevaire such a dog as dat Buck!" he cried. "No, nevaire! Heem worth one t'ousan' dollair, by Gar! Eh? Wot you say, Perrault?"

And Perrault nodded. He was ahead of the record then, and gaining day by day. The trail was in excellent condition, well packed and hard, and there was no new-fallen snow with which to contend. It was not too cold. The temperature dropped to fifty below zero and remained there the whole trip. The men rode and ran by turn, and the dogs were kept on the jump, with but infrequent stoppages.

The Thirty Mile River was comparatively coated with ice, and they

fravalorado. De un salto Buck asumió los deberes del liderazgo; y donde se requería juicio, y rapidez de pensamiento y de acción, se mostró superior incluso a Spitz, de quien François nunca había visto un igual.

Pero era dando la ley y haciendo que sus compañeros la cumplieran, donde Buck destacaba. A Dave y a Sol-leks no les importó el cambio de liderazgo. No era asunto suyo. Lo suyo era trabajar, y mucho, en las riendas. Mientras eso no se viera interferido, no les importaba lo que ocurriera. Billee, el bonachón, podía dirigir por lo que a ellos les importaba, siempre que mantuviera el orden. El resto del equipo, sin embargo, se había vuelto revoltoso durante los últimos días de Spitz, y su sorpresa era grande ahora que Buck procedía a ponerlos en forma a lametazos.

Pike, que tiraba de los talones de Buck, y que nunca puso un gramo más de su peso contra la banda del pecho de lo que se vio obligado a hacer, fue sacudido rápida y repetidamente por holgazanear; y antes de que terminara el primer día estaba tirando más que nunca en su vida. La primera noche en el campamento, Joe, el amargado, fue castigado con dureza... algo que Spitz nunca había logrado hacer. Buck simplemente lo asfixió en virtud de su superior peso, y lo cercenó hasta que dejó de chillar y empezó a gemir pidiendo clemencia.

El tono general del equipo mejoró de inmediato. Recuperó su solidaridad de antaño, y una vez más los perros saltaron como uno solo en las riendas. En el Rink Rapids se añadieron dos huskies nativos, Teek y Koona, y la celeridad con la que Buck los domó dejó sin aliento a François.

«¡Nunca un perro como ese Buck!», gritó. «¡No, nunca! Vale mil dólares, ¡por Dios! ¿Eh? ¿Qué dice, Perrault?».

Y Perrault asintió. Estaba por delante del récord entonces, y ganando día a día. El rastro estaba en excelentes condiciones, bien compactado y duro, y no había nieve recién caída con la que luchar. No hacía demasiado frío. La temperatura bajó a cincuenta bajo cero y se mantuvo así durante todo el viaje. Los hombres montaban y corrían por turnos, y los perros se mantenían al acecho, con paradas poco frecuentes.

El río Thirty Mile estaba relativamente cubierto de hielo, y recorrieron

covered in one day going out what had taken them ten days coming in. In one run they made a sixty-mile dash from the foot of Lake Le Barge to the White Horse Rapids. Across Marsh, Tagish, and Bennett (seventy miles of lakes), they flew so fast that the man whose turn it was to run towed behind the sled at the end of a rope. And on the last night of the second week they topped White Pass and dropped down the sea slope with the lights of Skaguay and of the shipping at their feet.

It was a record run. Each day for fourteen days they had averaged forty miles. For three days Perrault and François threw chests up and down the main street of Skaguay and were deluged with invitations to drink, while the team was the constant centre of a worshipful crowd of dog-busters and mushers. Then three or four western bad men aspired to clean out the town, were riddled like pepper-boxes for their pains, and public interest turned to other idols. Next came official orders. François called Buck to him, threw his arms around him, wept over him. And that was the last of François and Perrault. Like other men, they passed out of Buck's life for good.

A Scotch half-breed took charge of him and his mates, and in company with a dozen other dog-teams he started back over the weary trail to Dawson. It was no light running now, nor record time, but heavy toil each day, with a heavy load behind; for this was the mail train, carrying word from the world to the men who sought gold under the shadow of the Pole.

Buck did not like it, but he bore up well to the work, taking pride in it after the manner of Dave and Sol-leks, and seeing that his mates, whether they prided in it or not, did their fair share. It was a monotonous life, operating with machine-like regularity. One day was very like another. At a certain time each morning the cooks turned out, fires were built, and breakfast was eaten. Then, while some broke camp, others harnessed the dogs, and they were under way an hour or so before the darkness fell which gave warning of dawn. At night, camp was made. Some pitched the flies, others cut firewood and pine boughs for the beds, and still others carried water or ice for the cooks. Also, the dogs were fed. To them, this was the one feature of

en un día de ida lo que les había llevado diez días de vuelta. En una sola travesía recorrieron sesenta millas desde el pie del lago Le Barge hasta los rápidos del White Horse. A través de Marsh, Tagish y Bennett (setenta millas de lagos), iban tan rápido que el hombre al que le tocaba correr remolcaba detrás del trineo al extremo de una cuerda. Y en la última noche de la segunda semana coronaron White Pass y descendieron por la pendiente del mar con las luces de Skaguay y de la navegación a sus pies.

Era una carrera récord. Durante catorce días habían recorrido una media de cuarenta millas diarias. Durante tres días Perrault y François pavonearon sus pechos arriba y abajo por la calle principal de Skaguay y fueron inundados con invitaciones a beber, mientras el equipo era el centro constante de una multitud adoradora de cazadores de perros y conductores de perros. Entonces tres o cuatro villanos del oeste pretendieron limpiar la ciudad, fueron acribillados como pimenteros por sus esfuerzos, y el interés público se volvió hacia otros ídolos. A continuación llegaron las órdenes oficiales. François llamó a Buck, le rodeó con sus brazos y lloró sobre él. Y eso fue lo último de François y Perrault. Como otros hombres, salieron definitivamente de la vida de Buck.

Un mestizo escocés se hizo cargo de él y de sus compañeros, y en compañía de otra docena de equipos de perros emprendió el regreso por el fatigoso rastro hasta Dawson. No se trataba ahora de una travesía ligera, ni de un tiempo récord, sino de un trabajo pesado cada día, con una pesada carga detrás; porque éste era el tren correo, que llevaba noticias del mundo a los hombres que buscaban oro bajo la sombra del Polo.

A Buck no le gustaba, pero soportaba bien el trabajo, enorgulleciéndose de él a la manera de Dave y Sol-leks, y viendo que sus compañeros, se enorgullecieran o no, hacían su justa parte. Era una vida monótona, que funcionaba con regularidad maquinal. Un día era muy parecido a otro. Cada mañana a una hora determinada los cocineros salían, se encendía el fuego y se desayunaba. Luego, mientras unos levantaban el campamento, otros enjaezaban a los perros, y se ponían en marcha una hora más o menos antes de que cayera la oscuridad, avisando el amanecer. Por la noche, se levantaba el campamento. Algunos clavaban las carpas, otros cortaban leña y ramas de pino para las camas, y otros llevaban agua o hielo para los cocineros. También se alimentaba a los

the day, though it was good to loaf around, after the fish was eaten, for an hour or so with the other dogs, of which there were fivescore and odd. There were fierce fighters among them, but three battles with the fiercest brought Buck to mastery, so that when he bristled and showed his teeth they got out of his way.

Best of all, perhaps, he loved to lie near the fire, hind legs crouched under him, fore legs stretched out in front, head raised, and eyes blinking dreamily at the flames. Sometimes he thought of Judge Miller's big house in the sun-kissed Santa Clara Valley, and of the cement swimming-tank, and Ysabel, the Mexican hairless, and Toots, the Japanese pug; but oftener he remembered the man in the red sweater, the death of Curly, the great fight with Spitz, and the good things he had eaten or would like to eat. He was not homesick. The Sunland was very dim and distant, and such memories had no power over him. Far more potent were the memories of his heredity that gave things he had never seen before a seeming familiarity; the instincts (which were but the memories of his ancestors become habits) which had lapsed in later days, and still later, in him, quickened and become alive again.

Sometimes as he crouched there, blinking dreamily at the flames, it seemed that the flames were of another fire, and that as he crouched by this other fire he saw another and different man from the half-breed cook before him. This other man was shorter of leg and longer of arm, with muscles that were stringy and knotty rather than rounded and swelling. The hair of this man was long and matted, and his head slanted back under it from the eyes. He uttered strange sounds, and seemed very much afraid of the darkness, into which he peered continually, clutching in his hand, which hung midway between knee and foot, a stick with a heavy stone made fast to the end. He was all but naked, a ragged and fire-scorched skin hanging part way down his back, but on his body there was much hair. In some places, across the chest and shoulders and down the outside of the arms and thighs, it was matted into almost a thick fur. He did not stand erect, but with trunk inclined forward from the hips, on legs that bent at the knees. About his body there was a peculiar springiness, or resiliency, almost catlike, and a quick alertness as of one who lived in perpetual fear of

perros. Para ellos, ésta era la única atracción del día, si bien era bueno holgazanear, después de comer el pescado, durante una hora más o menos con los otros perros, de los que había cincuenta y tantos. Había fieros luchadores entre ellos, pero tres batallas con los más feroces llevaron a Buck a la maestría, de modo que cuando se erizaba y enseñaba los dientes se apartaban de su camino.

Lo mejor de todo, quizás, era que le encantaba tumbarse cerca del fuego, con las patas traseras agazapadas bajo él, las delanteras estiradas hacia delante, la cabeza levantada y los ojos parpadeando soñadoramente ante las llamas. A veces pensaba en la gran casa del Juez Miller en el soleado valle de Santa Clara, y en el tanque de cemento para nadar, y en Ysabel, la mexicana sin pelo, y en Toots, el carlino japonés; pero más a menudo recordaba al hombre del jersey rojo, la muerte de Curly, la gran pelea con Spitz, y las cosas buenas que había comido o que le gustaría comer. No sentía nostalgia. La Tierra del Sol era muy tenue y distante, y esos recuerdos no tenían poder sobre él. Mucho más potentes eran los recuerdos de su herencia que daban a las cosas que nunca había visto antes una aparente familiaridad; los instintos (que no eran sino los recuerdos de sus antepasados convertidos en hábitos) que habían decaído en días posteriores, y aún más tarde, en él, se avivaron y volvieron a cobrar vida.

A veces, mientras estaba allí agazapado, parpadeando soñadoramente ante las llamas, le parecía que las llamas eran de otro fuego, y que mientras estaba agazapado junto a este otro fuego veía a otro hombre distinto del cocinero mestizo que tenía ante él. Este otro hombre era más corto de piernas y más largo de brazos, con músculos fibrosos y nudosos en lugar de redondeados e hinchados. El pelo de este hombre era largo y enmarañado, y su cabeza se inclinaba hacia atrás por debajo de los ojos. Pronunciaba sonidos extraños y parecía tener mucho miedo de la oscuridad, hacia la que miraba continuamente, agarrando con la mano, que le colgaba a medio camino entre la rodilla y el pie, un palo con una pesada piedra sujeta a la punta. Estaba casi desnudo, una piel harapienta y quemada por el fuego le colgaba hasta cubrir parte de la espalda, pero en su cuerpo había mucho pelo. En algunos lugares, a lo largo del pecho y los hombros y por la parte exterior de los brazos y los muslos, estaba enmarañado hasta convertirse casi en un espeso pelaje. No se mantenía erguido, sino con el tronco inclinado hacia delante desde las caderas, sobre unas piernas que se doblaban por las rodillas. En su cuerpo había una peculiar elasticidad, o resistencia,

things seen and unseen.

At other times this hairy man squatted by the fire with head between his legs and slept. On such occasions his elbows were on his knees, his hands clasped above his head as though to shed rain by the hairy arms. And beyond that fire, in the circling darkness, Buck could see many gleaming coals, two by two, always two by two, which he knew to be the eyes of great beasts of prey. And he could hear the crashing of their bodies through the undergrowth, and the noises they made in the night. And dreaming there by the Yukon bank, with lazy eyes blinking at the fire, these sounds and sights of another world would make the hair to rise along his back and stand on end across his shoulders and up his neck, till he whimpered low and suppressedly, or growled softly, and the half-breed cook shouted at him, "Hey, you Buck, wake up!" Whereupon the other world would vanish and the real world come into his eyes, and he would get up and yawn and stretch as though he had been asleep.

It was a hard trip, with the mail behind them, and the heavy work wore them down. They were short of weight and in poor condition when they made Dawson, and should have had a ten days' or a week's rest at least. But in two days' time they dropped down the Yukon bank from the Barracks, loaded with letters for the outside. The dogs were tired, the drivers grumbling, and to make matters worse, it snowed every day. This meant a soft trail, greater friction on the runners, and heavier pulling for the dogs; yet the drivers were fair through it all, and did their best for the animals.

Each night the dogs were attended to first. They ate before the drivers ate, and no man sought his sleeping-robe till he had seen to the feet of the dogs he drove. Still, their strength went down. Since the beginning of the winter they had travelled eighteen hundred miles, dragging sleds the whole weary distance; and eighteen hundred miles will tell upon life of the toughest. Buck stood it, keeping his mates up to their work and maintaining discipline, though he, too, was very tired. Billee cried and whimpered regularly in his sleep each night. Joe was sourer than ever, and Sol-leks was unapproachable, blind side or other side.

casi felina, y un rápido estado de alerta como el de alguien que viviera en perpetuo temor de las cosas vistas y no vistas.

Otras veces este hombre peludo se acuclillaba junto al fuego con la cabeza entre las piernas y dormía. En esas ocasiones tenía los codos apoyados en las rodillas y las manos entrelazadas por encima de la cabeza, como si quisiera derramar la lluvia por los peludos brazos. Y más allá de aquel fuego, en la oscuridad circundante, Buck podía ver muchos carbones brillantes, de dos en dos, siempre de dos en dos, que sabía que eran los ojos de grandes bestias de presa. Y podía oír el choque de sus cuerpos a través de la maleza, y los ruidos que hacían en la noche. Y soñando allí junto a la orilla del Yukón, con los ojos perezosos parpadeando ante el fuego, estos sonidos y visiones de otro mundo hacían que el vello se le erizara a lo largo de la espalda y se le erizara por los hombros y el cuello, hasta que gemía por lo bajo y reprimido, o gruñía suavemente, y el cocinero mestizo le gritaba: «¡Eh, Buck, despierta!». Con lo cual el otro mundo se desvanecía y el mundo real entraba en sus ojos, y se levantaba y bostezaba y se estiraba como si hubiera estado dormido.

Fue un viaje duro, con el correo detrás, y el trabajo pesado los desgastaba. Les faltaba peso y estaban en malas condiciones cuando llegaron a Dawson, y deberían haber descansado al menos diez días o una semana. Pero en dos días bajaron por la orilla del Yukón desde el cuartel, cargados de cartas para el exterior. Los perros estaban cansados, los conductores refunfuñaban y, para colmo, nevaba todos los días. Esto significaba un camino blando, mayor fricción en los corredores, y los perros tenían que tirar más; sin embargo, los conductores fueron justos a pesar de todo, e hicieron todo lo que pudieron por los animales.

Cada noche se atendía primero a los perros. Comían antes que los conductores, y ningún hombre buscaba su bata de dormir hasta que no había visto los pies de los perros que conducía. Aun así, sus fuerzas disminuían. Desde el comienzo del invierno habían viajado mil ochocientas millas, arrastrando trineos toda la fatigosa distancia; y mil ochocientas millas acabarán con la vida de los más duros. Buck aguantó, manteniendo a sus compañeros en su trabajo y manteniendo la disciplina, aunque él también estaba muy cansado. Billee lloraba y gimoteaba regularmente mientras dormía cada noche. Joe estaba más agrio que nunca, y Sol-leks era inabordable, por el lado ciego o por el otro.

But it was Dave who suffered most of all. Something had gone wrong with him. He became more morose and irritable, and when camp was pitched at once made his nest, where his driver fed him. Once out of the harness and down, he did not get on his feet again till harness-up time in the morning. Sometimes, in the traces, when jerked by a sudden stoppage of the sled, or by straining to start it, he would cry out with pain. The driver examined him, but could find nothing. All the drivers became interested in his case. They talked it over at meal-time, and over their last pipes before going to bed, and one night they held a consultation. He was brought from his nest to the fire and was pressed and prodded till he cried out many times. Something was wrong inside, but they could locate no broken bones, could not make it out.

By the time Cassiar Bar was reached, he was so weak that he was falling repeatedly in the traces. The Scotch half-breed called a halt and took him out of the team, making the next dog, Sol-leks, fast to the sled. His intention was to rest Dave, letting him run free behind the sled. Sick as he was, Dave resented being taken out, grunting and growling while the traces were unfastened, and whimpering broken-heartedly when he saw Sol-leks in the position he had held and served so long. For the pride of trace and trail was his, and, sick unto death, he could not bear that another dog should do his work.

When the sled started, he floundered in the soft snow alongside the beaten trail, attacking Sol-leks with his teeth, rushing against him and trying to thrust him off into the soft snow on the other side, striving to leap inside his traces and get between him and the sled, and all the while whining and yelping and crying with grief and pain. The half-breed tried to drive him away with the whip; but he paid no heed to the stinging lash, and the man had not the heart to strike harder. Dave refused to run quietly on the trail behind the sled, where the going was easy, but continued to flounder alongside in the soft snow, where the going was most difficult, till exhausted. Then he fell, and lay where he fell, howling lugubriously as the long train of sleds churned by.

With the last remnant of his strength he managed to stagger along behind till the train made another stop, when he floundered past the

Pero fue Dave quien más sufría. Algo le había pasado. Se volvió más malhumorado e irritable, y cuando se montaba el campamento enseguida hacía su nido, donde su conductor le daba de comer. Una vez fuera del arnés y abatido, no volvía a ponerse en pie hasta la hora del arnés por la mañana. A veces, en las riendas, cuando se sacudía por una parada repentina del trineo, o al hacer fuerza para arrancarlo, gritaba de dolor. El conductor le examinó, pero no pudo encontrar nada. Todos los conductores se interesaron por su caso. Lo comentaban a la hora de comer y con sus últimas pipas antes de acostarse, y una noche celebraron una consulta. Lo trajeron de su nido al fuego y lo presionaron y pincharon hasta que gritó muchas veces. Algo iba mal en su interior, pero no pudieron localizar ningún hueso roto, no pudieron encontrar qué era.

Al llegar a Cassiar Bar, estaba tan débil que se caía repetidamente en las riendas. El mestizo escocés dio la voz de alto y lo sacó del equipo, haciendo que el siguiente perro, Sol-leks, fuera sujeto al trineo. Su intención era hacer descansar a Dave, dejándole correr libre detrás del trineo. Enfermo como estaba, Dave se resintió de que lo sacaran, gruñendo y refunfuñando mientras le soltaban las riendas, y gimoteando con el corazón roto cuando vio a Sol-leks en la posición que había ocupado y servido durante tanto tiempo. Porque el orgullo de los rastros y las huellas era suyo y, enfermo de muerte, no podía soportar que otro perro hiciera su trabajo.

Cuando el trineo arrancó, se tambaleó en la nieve blanda junto al rastro batido, atacando a Sol-leks con los dientes, abalanzándose sobre él y tratando de empujarlo hacia la nieve blanda del otro lado, esforzándose por saltar dentro de sus riendas y ponerse entre él y el trineo, y todo el tiempo gimiendo y aullando y llorando de pena y dolor. El mestizo trató de ahuyentarlo con el látigo, pero él no hizo caso del punzante latigazo y el hombre no tuvo valor para golpear con más fuerza. Dave se negó a correr tranquilamente por el rastro detrás del trineo, donde la marcha era fácil, continuó dando tumbos a su lado en la nieve blanda, donde la marcha era más difícil, hasta quedar exhausto. Entonces cayó, y se quedó tendido donde había caído, aullando lúgubremente mientras el largo tren de trineos pasaba.

Con lo último que le quedaba de fuerza consiguió tambalearse detrás hasta que el convoy hizo otra parada, momento en el que pasó entre los

sleds to his own, where he stood alongside Sol-leks. His driver lingered a moment to get a light for his pipe from the man behind. Then he returned and started his dogs. They swung out on the trail with remarkable lack of exertion, turned their heads uneasily, and stopped in surprise. The driver was surprised, too; the sled had not moved. He called his comrades to witness the sight. Dave had bitten through both of Sol-leks's traces, and was standing directly in front of the sled in his proper place.

He pleaded with his eyes to remain there. The driver was perplexed. His comrades talked of how a dog could break its heart through being denied the work that killed it, and recalled instances they had known, where dogs, too old for the toil, or injured, had died because they were cut out of the traces. Also, they held it a mercy, since Dave was to die anyway, that he should die in the traces, heart-easy and content. So he was harnessed in again, and proudly he pulled as of old, though more than once he cried out involuntarily from the bite of his inward hurt. Several times he fell down and was dragged in the traces, and once the sled ran upon him so that he limped thereafter in one of his hind legs.

But he held out till camp was reached, when his driver made a place for him by the fire. Morning found him too weak to travel. At harness-up time he tried to crawl to his driver. By convulsive efforts he got on his feet, staggered, and fell. Then he wormed his way forward slowly toward where the harnesses were being put on his mates. He would advance his fore legs and drag up his body with a sort of hitching movement, when he would advance his fore legs and hitch ahead again for a few more inches. His strength left him, and the last his mates saw of him he lay gasping in the snow and yearning toward them. But they could hear him mournfully howling till they passed out of sight behind a belt of river timber.

Here the train was halted. The Scotch half-breed slowly retraced his steps to the camp they had left. The men ceased talking. A revolver-shot rang out. The man came back hurriedly. The whips snapped, the bells tinkled merrily, the sleds churned along the trail; but Buck knew, and every dog knew, what had taken place behind the belt of river trees.

trineos hasta el suyo, donde se quedó de pie junto a Sol-leks. Su conductor se demoró un momento para que el hombre de atrás le diera fuego para su pipa. Luego regresó y reanimó a sus perros. Salieron al rastro con notable falta de esfuerzo, giraron la cabeza inquietos y se detuvieron sorprendidos. El conductor también se sorprendió; el trineo no se había movido. Llamó a sus compañeros para que presenciaran el espectáculo. Dave había mordido las dos riendas de Sol-leks y estaba de pie justo delante del trineo, en el lugar que le correspondía.

Suplicó con los ojos para permanecer allí. El conductor estaba perplejo. Sus compañeros hablaron de cómo a un perro se le podía romper el corazón al negársele el trabajo que lo mataba, y recordaron casos que habían conocido, en los que perros, demasiado viejos para el trabajo, o heridos, habían muerto porque se les apartó de las riendas. Además, consideraron una misericordia, ya que Dave iba a morir de todos modos, que muriera en las riendas, tranquilo y contento. Así que le enjaezaron de nuevo, y orgulloso tiró como antaño, aunque más de una vez gritó involuntariamente por la mordedura de su herida interior. Varias veces cayó y fue arrastrado por las riendas, y una vez el trineo le pasó por encima de tal manera que cojeó a partir de entonces de una de sus patas traseras.

Pero resistió hasta llegar al campamento, donde su conductor le hizo un sitio junto al fuego. La mañana lo encontró demasiado débil como para viajar. A la hora del arnés intentó arrastrarse hasta su conductor. Mediante esfuerzos convulsivos se puso en pie, se tambaleó y cayó. Luego avanzó lentamente hacia donde estaban colocando los arneses a sus compañeros. Adelantaba las patas delanteras y arrastraba el cuerpo hacia arriba con una especie de movimiento de enganche, luego adelantaba las patas delanteras y volvía a engancharse unas pulgadas más. Las fuerzas le abandonaron y la última vez que sus compañeros le vieron yacía jadeante en la nieve, anhelante, mirando hacia ellos. Pero pudieron oírle aullar lastimeramente hasta que se perdieron de vista tras un cinturón de árboles del río.

Aquí se detuvo el convoy. El mestizo escocés volvió lentamente sobre sus pasos hasta el campamento que habían abandonado. Los hombres dejaron de hablar. Sonó un disparo de revólver. El hombre regresó apresuradamente. Los látigos chasquearon, las campanillas tintinearon alegremente, los trineos se agitaron a lo largo del rastro; pero Buck sabía, y todos los perros sabían, lo que había ocurrido tras el cinturón de árboles del río.

CHAPTER V — THE TOIL OF TRACE AND TRAIL

Thirty days from the time it left Dawson, the Salt Water Mail, with Buck and his mates at the fore, arrived at Skaguay. They were in a wretched state, worn out and worn down. Buck's one hundred and forty pounds had dwindled to one hundred and fifteen. The rest of his mates, though lighter dogs, had relatively lost more weight than he. Pike, the malingerer, who, in his lifetime of deceit, had often successfully feigned a hurt leg, was now limping in earnest. Sol-leks was limping, and Dub was suffering from a wrenched shoulder-blade.

They were all terribly footsore. No spring or rebound was left in them. Their feet fell heavily on the trail, jarring their bodies and doubling the fatigue of a day's travel. There was nothing the matter with them except that they were dead tired. It was not the dead-tiredness that comes through brief and excessive effort, from which recovery is a matter of hours; but it was the dead-tiredness that comes through the slow and prolonged strength drainage of months of toil. There was no power of recuperation left, no reserve strength to call upon. It had been all used, the last least bit of it. Every muscle, every fibre, every cell, was tired, dead tired. And there was reason for it. In less than five months they had travelled twenty-five hundred miles, during the last eighteen hundred of which they had had but five days' rest. When they arrived at Skaguay they were apparently on their last legs. They could barely keep the traces taut, and on the down grades just managed to keep out of the way of the sled.

"Mush on, poor sore feets," the driver encouraged them as they tottered down the main street of Skaguay. "Dis is de las'. Den we get one long res'. Eh? For sure. One bully long res'."

The drivers confidently expected a long stopover. Themselves, they had covered twelve hundred miles with two days' rest, and in the nature of reason and common justice they deserved an interval of loafing. But so many were the men who had rushed into the Klondike, and so many were the sweethearts, wives, and kin that had not rushed in, that the congested mail was taking on Alpine proportions; also, there were official orders. Fresh batches of Hudson Bay dogs were to take the places of those worthless for the trail. The worthless

CAPÍTULO V – EL TRABAJO DE RASTRO Y HUELLA

Treinta días después de partir de Dawson, el Salt Water Mail, con Buck y sus compañeros al frente, llegó a Skaguay. Se encontraban en un estado lamentable, agotados y exhaustos. Las ciento cuarenta libras de Buck se habían reducido a ciento quince. El resto de sus compañeros, aunque eran perros más ligeros, habían perdido relativamente más peso que él. Pike, el malhechor, que en su vida de engaños había fingido a menudo con éxito una pata herida, cojeaba ahora verdaderamente. Sol-leks cojeaba, y Dub sufría un tirón en el hombro.

Todos estaban terriblemente doloridos. No les quedaba elasticidad ni impulso. Sus pies caían pesadamente sobre el rastro, sacudiendo sus cuerpos y duplicando la fatiga de un día de viaje. No les pasaba nada, salvo que estaban muertos de cansancio. No era el cansancio mortal que se produce por un esfuerzo breve y excesivo, del que la recuperación es cuestión de horas; sino que era el cansancio mortal que se produce por el lento y prolongado drenaje de fuerzas de meses de trabajo. No quedaba ningún poder de recuperación, ninguna fuerza de reserva a la que recurrir. Todo de ella se había utilizado, hasta la última pizca. Cada músculo, cada fibra, cada célula, estaba cansado, muerto de cansancio. Y había razón para ello. En menos de cinco meses habían recorrido dos mil quinientas millas, y durante las últimas mil ochocientas sólo habían descansado cinco días. Cuando llegaron a Skaguay estaban aparentemente en las últimas. Apenas podían mantener tensas las riendas y en las bajadas apenas lograban mantenerse fuera del camino del trineo.

«Vamos, pobres pies doloridos», les animó el conductor mientras se tambaleaban por la calle principal de Skaguay. «Este es el último esfuerzo. Luego tendremos un largo descanso. ¿Eh? Seguro. Un maldito largo descanso».

Los conductores esperaban con confianza una larga parada. Ellos mismos habían recorrido mil doscientas millas con dos días de descanso, y en virtud de la naturaleza de la razón y la justicia común se merecían un intervalo para holgazanear. Pero eran tantos los hombres que se habían aventurado en el Klondike, y tantas las novias, esposas y parientes que no se habían aventurado, que el congestionado correo estaba adquiriendo proporciones alpinas; además, había órdenes oficiales. Nuevos lotes de perros de la Bahía de Hudson debían ocupar los

ones were to be got rid of, and, since dogs count for little against dollars, they were to be sold.

Three days passed, by which time Buck and his mates found how really tired and weak they were. Then, on the morning of the fourth day, two men from the States came along and bought them, harness and all, for a song. The men addressed each other as "Hal" and "Charles." Charles was a middle-aged, lightish-colored man, with weak and watery eyes and a mustache that twisted fiercely and vigorously up, giving the lie to the limply drooping lip it concealed. Hal was a youngster of nineteen or twenty, with a big Colt's revolver and a hunting-knife strapped about him on a belt that fairly bristled with cartridges. This belt was the most salient thing about him. It advertised his callowness—a callowness sheer and unutterable. Both men were manifestly out of place, and why such as they should adventure the North is part of the mystery of things that passes understanding.

Buck heard the chaffering, saw the money pass between the man and the Government agent, and knew that the Scotch half-breed and the mail-train drivers were passing out of his life on the heels of Perrault and François and the others who had gone before. When driven with his mates to the new owners' camp, Buck saw a slipshod and slovenly affair, tent half stretched, dishes unwashed, everything in disorder; also, he saw a woman. "Mercedes" the men called her. She was Charles's wife and Hal's sister—a nice family party.

Buck watched them apprehensively as they proceeded to take down the tent and load the sled. There was a great deal of effort about their manner, but no businesslike method. The tent was rolled into an awkward bundle three times as large as it should have been. The tin dishes were packed away unwashed. Mercedes continually fluttered in the way of her men and kept up an unbroken chattering of remonstrance and advice. When they put a clothes-sack on the front of the sled, she suggested it should go on the back; and when they had put it on the back, and covered it over with a couple of other bundles, she discovered overlooked articles which could abide nowhere else but in that very sack, and they unloaded again.

lugares de los inútiles para el rastro. Había que deshacerse de los inútiles y, dado que los perros cuentan poco frente a los dólares, había que venderlos.

Pasaron tres días, y para entonces Buck y sus compañeros se dieron cuenta de lo realmente cansados y débiles que estaban. Entonces, en la mañana del cuarto día, llegaron dos hombres de Estados Unidos y los compraron, con arneses y todo, por una bagatela. Los hombres se dirigían el uno al otro como «Hal» y «Charles». Charles era un hombre de mediana edad, de tez clara, ojos débiles y acuosos y un bigote que se retorcía feroz y vigorosamente hacia arriba, dando el mentís al labio caído que ocultaba. Hal era un joven de diecinueve o veinte años, con un gran revólver Colt y un cuchillo de caza atados a un cinturón que estaba bastante cargado de cartuchos. Este cinturón era lo más destacable de él. Anunciaba su insensibilidad... una insensibilidad pura e indecible. Ambos hombres estaban manifiestamente fuera de lugar, y por qué unos como ellos debían aventurarse por el Norte forma parte del misterio de las cosas que sobrepasa el entendimiento.

Buck oyó la cháchara, vio pasar el dinero entre el hombre y el agente del Gobierno y supo que el mestizo escocés y los conductores del tren correo salían de su vida pisándoles los talones a Perrault y François y a los otros que les habían precedido. Cuando fue conducido con sus compañeros al campamento de los nuevos propietarios, Buck vio un lugar descuidado y desaliñado, la carpa medio tendida, la vajilla sin lavar, todo en desorden; también vio a una mujer. «Mercedes» la llamaban los hombres. Era la esposa de Charles y hermana de Hal... una bonita fiesta familiar.

Buck les observó con aprensión mientras procedían a desmontar la carpa y cargar el trineo. Se esforzaron mucho, pero no emplearon un método serio. La carpa estaba enrollada en un fardo incómodo tres veces más grande de lo que debería haber sido. La vajilla de hojalata se guardó sin lavar. Mercedes revoloteaba continuamente en el camino de sus hombres y mantenía un parloteo ininterrumpido de quejas y consejos. Cuando pusieron un saco de ropa en la parte delantera del trineo, ella sugirió que fuera en la parte trasera; y cuando lo hubieron puesto en la parte trasera, y lo cubrieron con un par de bultos más, descubrió por casualidad artículos que no podían caber en ningún otro sitio que en ese mismo saco, y volvieron a descargar.

Three men from a neighboring tent came out and looked on, grinning and winking at one another.

"You've got a right smart load as it is," said one of them; "and it's not me should tell you your business, but I wouldn't tote that tent along if I was you."

"Undreamed of!" cried Mercedes, throwing up her hands in dainty dismay. "However in the world could I manage without a tent?"

"It's springtime, and you won't get any more cold weather," the man replied.

She shook her head decidedly, and Charles and Hal put the last odds and ends on top the mountainous load.

"Think it'll ride?" one of the men asked.

"Why shouldn't it?" Charles demanded rather shortly.

"Oh, that's all right, that's all right," the man hastened meekly to say. "I was just a-wonderin', that is all. It seemed a mite top-heavy."

Charles turned his back and drew the lashings down as well as he could, which was not in the least well.

"An' of course the dogs can hike along all day with that contraption behind them," affirmed a second of the men.

"Certainly," said Hal, with freezing politeness, taking hold of the gee-pole with one hand and swinging his whip from the other. "Mush!" he shouted. "Mush on there!"

The dogs sprang against the breast-bands, strained hard for a few moments, then relaxed. They were unable to move the sled.

"The lazy brutes, I'll show them," he cried, preparing to lash out at them with the whip.

Tres hombres de una carpa vecina salieron y miraron, sonriendo y guiñándose un ojo.

«Tienes suficiente carga como está», dijo uno de ellos; «y no soy yo quien deba decirte lo que te importa, pero yo no llevaría esa carpa si fuera tú».

«¡Increíble!», gritó Mercedes, levantando las manos con delicada consternación. «¿Cómo diablos podría arreglármelas sin una carpa?».

«Es primavera y ya no hará frío», respondió el hombre.

Ella sacudió la cabeza con decisión, y Charles y Hal colocaron los últimos trastos encima de la montañosa carga.

«¿Crees que andará?», preguntó uno de los hombres.

«¿Por qué no debería?», preguntó Charles con cierta brevedad.

«Oh, no pasa nada, no pasa nada», se apresuró a decir mansamente el hombre. «Me estaba preguntando, eso es todo. Parecía un poco sobrecargado».

Charles le dio la espalda y bajó las correas como pudo, lo que no anduvo nada bien.

«Y, por supuesto, los perros pueden andar todo el día con ese artilugio detrás», afirmó otro de los hombres.

«Desde luego», dijo Hal, con una cortesía glacial, agarrando la palanca de mando con una mano y blandiendo su látigo con la otra. «¡Arre!», gritó. «¡Arre ahí!».

Los perros se lanzaron contra las pecheras, hicieron un gran esfuerzo durante unos instantes y luego se relajaron. Eran incapaces de mover el trineo.

«¡Que aprendan los brutos perezosos!», gritó, preparándose para azotarles con el látigo.

But Mercedes interfered, crying, "Oh, Hal, you mustn't," as she caught hold of the whip and wrenched it from him. "The poor dears! Now you must promise you won't be harsh with them for the rest of the trip, or I won't go a step."

"Precious lot you know about dogs," her brother sneered; "and I wish you'd leave me alone. They're lazy, I tell you, and you've got to whip them to get anything out of them. That's their way. You ask any one. Ask one of those men."

Mercedes looked at them imploringly, untold repugnance at sight of pain written in her pretty face.

"They're weak as water, if you want to know," came the reply from one of the men. "Plum tuckered out, that's what's the matter. They need a rest."

"Rest be blanked," said Hal, with his beardless lips; and Mercedes said, "Oh!" in pain and sorrow at the oath.

But she was a clannish creature, and rushed at once to the defence of her brother. "Never mind that man," she said pointedly. "You're driving our dogs, and you do what you think best with them."

Again Hal's whip fell upon the dogs. They threw themselves against the breast-bands, dug their feet into the packed snow, got down low to it, and put forth all their strength. The sled held as though it were an anchor. After two efforts, they stood still, panting. The whip was whistling savagely, when once more Mercedes interfered. She dropped on her knees before Buck, with tears in her eyes, and put her arms around his neck.

"You poor, poor dears," she cried sympathetically, "why don't you pull hard?—then you wouldn't be whipped." Buck did not like her, but he was feeling too miserable to resist her, taking it as part of the day's miserable work.

One of the onlookers, who had been clenching his teeth to suppress hot speech, now spoke up:—

Pero Mercedes interfirió, gritando: «Oh, Hal, no debes», mientras tomaba el látigo y se lo arrancaba. «¡Pobres! Ahora debes prometerme que no serás duro con ellos durante el resto del viaje, o no daré ni un paso».

«Es mucho lo que sabes de perros», se mofó su hermano; «y ojalá me dejaras en paz. Son perezosos, te lo digo yo, y tienes que azotarlos para sacarles algo. Así son ellos. Pregúntale a cualquiera. Pregúntale a uno de esos hombres».

Mercedes les miró implorante, había una repugnancia indecible a la vista del dolor escrito en su bonito rostro.

«Están débiles como el agua, si quieres saberlo», fue la respuesta de uno de los hombres. «Están agotados, eso es lo que pasa. Necesitan descansar».

«Joder con descansar», dijo Hal, con sus labios imberbes; y Mercedes dijo: «¡Oh!», dolida y apenada por el juramento.

Pero ella era una criatura de clan, y se apresuró enseguida a defender a su hermano. «No te preocupes por ese hombre», le dijo secamente. «Tú conduces nuestros perros, haz lo que creas mejor con ellos».

De nuevo el látigo de Hal cayó sobre los perros. Se lanzaron contra las pecheras, clavaron las patas en la nieve compacta, se agacharon y pusieron toda su fuerza. El trineo se sostuvo como si fuera un ancla. Tras dos esfuerzos, se quedaron quietos, jadeantes. El látigo silbaba salvajemente, cuando una vez más Mercedes interfirió. Cayó de rodillas ante Buck, con lágrimas en los ojos, y le rodeó el cuello con los brazos.

«Pobres, pobres queridos», gritó ella con simpatía, «¿por qué no tiran con fuerza?... así no serían azotados». A Buck no le gustaba, pero se sentía demasiado miserable para resistirse a ella, tomándolo como parte del miserable trabajo del día.

Uno de los espectadores, que había estado apretando los dientes para reprimir un discurso acalorado, habló ahora:

"It's not that I care a whoop what becomes of you, but for the dogs' sakes I just want to tell you, you can help them a mighty lot by breaking out that sled. The runners are froze fast. Throw your weight against the gee-pole, right and left, and break it out."

A third time the attempt was made, but this time, following the advice, Hal broke out the runners which had been frozen to the snow. The overloaded and unwieldy sled forged ahead, Buck and his mates struggling frantically under the rain of blows. A hundred yards ahead the path turned and sloped steeply into the main street. It would have required an experienced man to keep the top-heavy sled upright, and Hal was not such a man. As they swung on the turn the sled went over, spilling half its load through the loose lashings. The dogs never stopped. The lightened sled bounded on its side behind them. They were angry because of the ill treatment they had received and the unjust load. Buck was raging. He broke into a run, the team following his lead. Hal cried "Whoa! whoa!" but they gave no heed. He tripped and was pulled off his feet. The capsized sled ground over him, and the dogs dashed on up the street, adding to the gayety of Skaguay as they scattered the remainder of the outfit along its chief thoroughfare.

Kind-hearted citizens caught the dogs and gathered up the scattered belongings. Also, they gave advice. Half the load and twice the dogs, if they ever expected to reach Dawson, was what was said. Hal and his sister and brother-in-law listened unwillingly, pitched tent, and overhauled the outfit. Canned goods were turned out that made men laugh, for canned goods on the Long Trail is a thing to dream about. "Blankets for a hotel" quoth one of the men who laughed and helped. "Half as many is too much; get rid of them. Throw away that tent, and all those dishes,—who's going to wash them, anyway? Good Lord, do you think you're travelling on a Pullman?"

And so it went, the inexorable elimination of the superfluous. Mercedes cried when her clothes-bags were dumped on the ground and article after article was thrown out. She cried in general, and she cried in particular over each discarded thing. She clasped hands about knees, rocking back and forth broken-heartedly. She averred she would not go an inch, not for a dozen Charleses. She appealed to everybody and to everything, finally wiping her eyes and proceeding

«No es que me importe un bledo lo que sea de ustedes, pero por el bien de los perros sólo quiero decirles que pueden ayudarles muchísimo sacando ese trineo. Los patines se congelan rápidamente. Lanza tu peso contra la palanca de mando, a derecha e izquierda, y arráncalo».

Una tercera vez se hizo el intento, pero esta vez, siguiendo el consejo, Hal arrancó los patines que se habían congelado en la nieve. El sobrecargado y poco manejable trineo siguió adelante, Buck y sus compañeros luchando frenéticamente bajo la lluvia de golpes. Cien yardas más adelante, el camino giraba y se empinaba hacia la calle principal. Habría hecho falta un hombre experimentado para mantener erguido el trineo, cargado hasta los topes, y Hal no era alguien así. Al girar, el trineo se volcó, derramando la mitad de su carga por las cuerdas sueltas. Los perros no se detuvieron. El trineo aligerado saltaba de lado tras ellos. Estaban furiosos por el mal trato que habían recibido y por la injusta carga. Buck estaba furioso. Echó a correr y el equipo le siguió. Hal gritó «¡Alto! ¡Alto!», pero no le hicieron caso. Él tropezó y le tiraron de los pies. El trineo volcado le pasó por encima y los perros se lanzaron calle arriba, aumentando la algarabía de Skaguay mientras dispersaban al resto del conjunto a lo largo de su vía principal.

Ciudadanos de buen corazón atraparon a los perros y recogieron las pertenencias esparcidas. También dieron consejos. La mitad de la carga y el doble de perros, si alguna vez esperaban llegar a Dawson, fue lo que se dijo. Hal y su hermana y su cuñado escucharon a regañadientes, montaron la carpa y revisaron la carga. Salieron conservas que hicieron reír a los hombres, pues las conservas en la Ruta Larga son sólo un sueño. «Mantas para un hotel», dijo uno de los hombres que reían y ayudaban. «La mitad es demasiado; deshazte de eso. Tira esa carpa, y todos esos platos, ¿quién va a lavarlos, de todos modos? Dios santo, ¿creen que viajan en un Pullman?».

Y así fue, la inexorable eliminación de lo superfluo. Mercedes lloraba cuando sus bolsas de ropa eran tiradas al suelo y artículo tras artículo era desechado. Lloró en general y lloró en particular por cada cosa desechada. Apretó las manos sobre las rodillas, meciéndose de un lado a otro con el corazón roto. Afirmó que no avanzaría ni una pulgada, ni por una docena de Charles. Apeló a todos y a todo, enjugándose finalmente los ojos y procediendo a desechar incluso prendas de vestir que

to cast out even articles of apparel that were imperative necessaries. And in her zeal, when she had finished with her own, she attacked the belongings of her men and went through them like a tornado.

This accomplished, the outfit, though cut in half, was still a formidable bulk. Charles and Hal went out in the evening and bought six Outside dogs. These, added to the six of the original team, and Teek and Koona, the huskies obtained at the Rink Rapids on the record trip, brought the team up to fourteen. But the Outside dogs, though practically broken in since their landing, did not amount to much. Three were short-haired pointers, one was a Newfoundland, and the other two were mongrels of indeterminate breed. They did not seem to know anything, these newcomers. Buck and his comrades looked upon them with disgust, and though he speedily taught them their places and what not to do, he could not teach them what to do. They did not take kindly to trace and trail. With the exception of the two mongrels, they were bewildered and spirit-broken by the strange savage environment in which they found themselves and by the ill treatment they had received. The two mongrels were without spirit at all; bones were the only things breakable about them.

With the newcomers hopeless and forlorn, and the old team worn out by twenty-five hundred miles of continuous trail, the outlook was anything but bright. The two men, however, were quite cheerful. And they were proud, too. They were doing the thing in style, with fourteen dogs. They had seen other sleds depart over the Pass for Dawson, or come in from Dawson, but never had they seen a sled with so many as fourteen dogs. In the nature of Arctic travel there was a reason why fourteen dogs should not drag one sled, and that was that one sled could not carry the food for fourteen dogs. But Charles and Hal did not know this. They had worked the trip out with a pencil, so much to a dog, so many dogs, so many days, *Q.E.D.* Mercedes looked over their shoulders and nodded comprehensively, it was all so very simple.

Late next morning Buck led the long team up the street. There was nothing lively about it, no snap or go in him and his fellows. They were starting dead weary. Four times he had covered the distance between Salt Water and Dawson, and the knowledge that, jaded and tired, he was facing the same trail once more, made him bitter. His

eran necesidades imperiosas. Y en su celo, cuando hubo terminado con las suyas, atacó las pertenencias de sus hombres y las arrasó como un tornado.

Logrado esto, el equipo, aunque reducido a la mitad, seguía siendo un bulto formidable. Charles y Hal salieron por la tarde y compraron seis perros de fuera. Éstos, sumados a los seis del equipo original, y a Teek y Koona, los huskies obtenidos en Rink Rapids en el viaje récord, elevaron el equipo a catorce. Pero los perros de fuera, aunque prácticamente domados desde su desembarco, no sumaban gran cosa. Tres eran pointers de pelo corto, uno era un terranova y los otros dos de cruza de raza indeterminada. No parecían saber nada, estos recién llegados. Buck y sus camaradas los miraban con repugnancia y, aunque les enseñó rápidamente su lugar y lo que no debían hacer, no pudo enseñarles lo que sí debían hacer. No aceptaron de buen grado las huellas y los rastros. A excepción de los dos de cruza, estaban desconcertados y con el espíritu destrozado por el extraño entorno salvaje en el que se encontraban y por los malos tratos que habían recibido. Los dos perros de cruza carecían por completo de espíritu; los huesos eran lo único que se podía romper en ellos.

Con los recién llegados sin esperanza y desamparados, y el viejo equipo desgastado por dos mil quinientas millas de pista continua, las perspectivas eran cualquier cosa menos brillantes. Los dos hombres, sin embargo, estaban bastante alegres. Y también estaban orgullosos. Lo estaban haciendo a lo grande, con catorce perros. Habían visto otros trineos partir por el Paso hacia Dawson, o llegar desde Dawson, pero nunca habían visto un trineo con tantos como catorce perros. En la naturaleza de los viajes por el Ártico había una razón por la que catorce perros no debían arrastrar un trineo, y era que un trineo no podía llevar la comida para catorce perros. Pero Charles y Hal no lo sabían. Habían calculado el viaje con un lápiz, tanto para un perro, tantos perros, tantos días, *Q.E.D.* Mercedes miró por encima de sus hombros y asintió comprensivamente, todo era muy sencillo.

Tarde, a la mañana siguiente, Buck condujo el largo equipo calle arriba. No había nada de vivacidad en él ni en sus compañeros. Comenzaban muertos de cansancio. Cuatro veces había recorrido la distancia entre Salt Water y Dawson, y el saber que, hastiado y cansado, se enfrentaba al mismo trayecto una vez más, le amargaba. Su corazón no estaba

heart was not in the work, nor was the heart of any dog. The Outsides were timid and frightened, the Insides without confidence in their masters.

Buck felt vaguely that there was no depending upon these two men and the woman. They did not know how to do anything, and as the days went by it became apparent that they could not learn. They were slack in all things, without order or discipline. It took them half the night to pitch a slovenly camp, and half the morning to break that camp and get the sled loaded in fashion so slovenly that for the rest of the day they were occupied in stopping and rearranging the load. Some days they did not make ten miles. On other days they were unable to get started at all. And on no day did they succeed in making more than half the distance used by the men as a basis in their dog-food computation.

It was inevitable that they should go short on dog-food. But they hastened it by overfeeding, bringing the day nearer when underfeeding would commence. The Outside dogs, whose digestions had not been trained by chronic famine to make the most of little, had voracious appetites. And when, in addition to this, the worn-out huskies pulled weakly, Hal decided that the orthodox ration was too small. He doubled it. And to cap it all, when Mercedes, with tears in her pretty eyes and a quaver in her throat, could not cajole him into giving the dogs still more, she stole from the fish-sacks and fed them slyly. But it was not food that Buck and the huskies needed, but rest. And though they were making poor time, the heavy load they dragged sapped their strength severely.

Then came the underfeeding. Hal awoke one day to the fact that his dog-food was half gone and the distance only quarter covered; further, that for love or money no additional dog-food was to be obtained. So he cut down even the orthodox ration and tried to increase the day's travel. His sister and brother-in-law seconded him; but they were frustrated by their heavy outfit and their own incompetence. It was a simple matter to give the dogs less food; but it was impossible to make the dogs travel faster, while their own inability to get under way earlier in the morning prevented them from travelling longer hours. Not only did they not know how to work dogs, but they did not know how to work themselves.

en el trabajo, ni tampoco el de ningún perro. Los de fuera eran tímidos y asustadizos, los de dentro no confiaban en sus amos.

Buck sintió vagamente que no se podía depender de estos dos hombres y de la mujer. No sabían hacer nada y a medida que pasaban los días se hacía evidente que no podían aprender. Eran flojos en todo, sin orden ni disciplina. Les llevó media noche montar un campamento descuidado, y media mañana levantar ese campamento y cargar el trineo de una forma tan descuidada que durante el resto del día estuvieron ocupados en parar y reorganizar la carga. Algunos días no hacían ni diez millas. Otros días fueron incapaces de ponerse en marcha en absoluto. Y ningún día lograron hacer más de la mitad de la distancia que los hombres utilizaban como base en su cálculo de comida para perros.

Era inevitable que les faltara comida para perros. Pero ellos aceleraron esa situación sobrealimentándolos, acercando el día en que comenzaría la subalimentación. Los perros de fuera, cuyas digestiones no habían sido entrenadas por la hambruna crónica para aprovechar lo poco, tenían apetitos voraces. Y cuando, además, los desgastados huskies tiraron débilmente, Hal decidió que la ración ortodoxa era demasiado pequeña. La duplicó. Y para colmo, cuando Mercedes, con lágrimas en sus bonitos ojos y un temblor en la garganta, no pudo convencerle para que diera aún más a los perros, robó de los sacos de pescado y les dio de comer a hurtadillas. Pero no era comida lo que Buck y los huskies necesitaban, sino descanso. Y aunque iban mal de tiempo, la pesada carga que arrastraban minaba gravemente sus fuerzas.

Entonces llegó la subalimentación. Hal se despertó un día ante el hecho de que su comida para perros iba por la mitad y la distancia recorrida por la cuarta parte; además, que por amor o por dinero no iba a obtener más comida para perros. Así que redujo incluso la ración ortodoxa y trató de aumentar la jornada de viaje. Su hermana y su cuñado le secundaron; pero se vieron frustrados por su pesada dotación y su propia incompetencia. Era una cuestión sencilla darles menos comida; pero era imposible hacer que los perros viajaran más rápido, mientras que su propia incapacidad para ponerse en marcha más temprano por la mañana les impedía viajar más horas. No sólo no sabían cómo manejar a los perros, sino que tampoco sabían cómo manejarse ellos mismos.

The first to go was Dub. Poor blundering thief that he was, always getting caught and punished, he had none the less been a faithful worker. His wrenched shoulder-blade, untreated and unrested, went from bad to worse, till finally Hal shot him with the big Colt's revolver. It is a saying of the country that an Outside dog starves to death on the ration of the husky, so the six Outside dogs under Buck could do no less than die on half the ration of the husky. The Newfoundland went first, followed by the three short-haired pointers, the two mongrels hanging more grittily on to life, but going in the end.

By this time all the amenities and gentlenesses of the Southland had fallen away from the three people. Shorn of its glamour and romance, Arctic travel became to them a reality too harsh for their manhood and womanhood. Mercedes ceased weeping over the dogs, being too occupied with weeping over herself and with quarrelling with her husband and brother. To quarrel was the one thing they were never too weary to do. Their irritability arose out of their misery, increased with it, doubled upon it, outdistanced it. The wonderful patience of the trail which comes to men who toil hard and suffer sore, and remain sweet of speech and kindly, did not come to these two men and the woman. They had no inkling of such a patience. They were stiff and in pain; their muscles ached, their bones ached, their very hearts ached; and because of this they became sharp of speech, and hard words were first on their lips in the morning and last at night.

Charles and Hal wrangled whenever Mercedes gave them a chance. It was the cherished belief of each that he did more than his share of the work, and neither forbore to speak this belief at every opportunity. Sometimes Mercedes sided with her husband, sometimes with her brother. The result was a beautiful and unending family quarrel. Starting from a dispute as to which should chop a few sticks for the fire (a dispute which concerned only Charles and Hal), presently would be lugged in the rest of the family, fathers, mothers, uncles, cousins, people thousands of miles away, and some of them dead. That Hal's views on art, or the sort of society plays his mother's brother wrote, should have anything to do with the chopping of a few sticks of firewood, passes comprehension; nevertheless the quarrel was as likely to tend in that direction as in the direction of Charles's political prejudices. And that Charles's sister's tale-bearing tongue

El primero en irse fue Dub. Pobre ladrón torpe que era, siempre pillado y castigado, había sido sin embargo un trabajador fiel. Su omóplato desgarrado, sin tratar ni curar, fue de mal en peor, hasta que finalmente Hal le disparó con el gran revólver Colt. Es un dicho del país que un perro de fuera muere de hambre con la ración del husky, así que los seis perros de fuera a las órdenes de Buck no pudieron menos que morir con la mitad de la ración del husky. El Terranova fue el primero, seguido de los tres pointers de pelo corto, los dos perros de cruza se aferraron más a la vida, pero al final se fueron.

Para entonces, todas las comodidades y gentilezas de la Tierra del Sur se habían desvanecido para las tres personas. Despojado de su glamour y romanticismo, el viaje por el Ártico se convirtió para ellos en una realidad demasiado dura para su hombría y su femineidad. Mercedes dejó de llorar por los perros, pues estaba demasiado ocupada llorando por sí misma y riñendo con su marido y su hermano. Reñir era lo único que nunca se cansaban de hacer. Su irritabilidad surgía de su miseria, aumentaba con ella, se duplicaba sobre ella, la superaba. La maravillosa paciencia del rastro que llega a los hombres que se esfuerzan y sufren duramente, y permanecen dulces de palabra y amables, no llegó a estos dos hombres y a la mujer. No tenían el más mínimo atisbo de tal paciencia. Estaban rígidos y doloridos; les dolían los músculos, les dolían los huesos, les dolía hasta el corazón; y por eso se volvieron bruscos de habla, y las palabras duras eran las primeras en sus labios por la mañana y las últimas por la noche.

Charles y Hal discutían siempre que Mercedes les daba una oportunidad. Cada uno tenía la creencia arraigada de que hacía más trabajo del que le correspondía, y ninguno de los dos se privaba de expresar esta creencia en cada oportunidad que se presentaba. A veces Mercedes se ponía del lado de su marido, a veces del de su hermano. El resultado fue una hermosa e interminable disputa familiar. Partiendo de una disputa sobre quién debía cortar unos palos para el fuego (disputa que sólo afectaba a Charles y a Hal), en seguida se metían en ella el resto de la familia, padres, madres, tíos, primos, gente que se encontraba a miles de millas de distancia, y algunos de ellos muertos. Que las opiniones de Hal sobre el arte, o el tipo de obras de sociedad que escribía el hermano de su madre, tuvieran algo que ver con el corte de unos cuantos palos de leña, resulta incomprensible; sin embargo, era tan probable que la disputa tendiera en esa dirección así como en la de los prejuicios políticos

should be relevant to the building of a Yukon fire, was apparent only to Mercedes, who disburdened herself of copious opinions upon that topic, and incidentally upon a few other traits unpleasantly peculiar to her husband's family. In the meantime the fire remained unbuilt, the camp half pitched, and the dogs unfed.

Mercedes nursed a special grievance—the grievance of sex. She was pretty and soft, and had been chivalrously treated all her days. But the present treatment by her husband and brother was everything save chivalrous. It was her custom to be helpless. They complained. Upon which impeachment of what to her was her most essential sex-prerogative, she made their lives unendurable. She no longer considered the dogs, and because she was sore and tired, she persisted in riding on the sled. She was pretty and soft, but she weighed one hundred and twenty pounds—a lusty last straw to the load dragged by the weak and starving animals. She rode for days, till they fell in the traces and the sled stood still. Charles and Hal begged her to get off and walk, pleaded with her, entreated, the while she wept and importuned Heaven with a recital of their brutality.

On one occasion they took her off the sled by main strength. They never did it again. She let her legs go limp like a spoiled child, and sat down on the trail. They went on their way, but she did not move. After they had travelled three miles they unloaded the sled, came back for her, and by main strength put her on the sled again.

In the excess of their own misery they were callous to the suffering of their animals. Hal's theory, which he practised on others, was that one must get hardened. He had started out preaching it to his sister and brother-in-law. Failing there, he hammered it into the dogs with a club. At the Five Fingers the dog-food gave out, and a toothless old squaw offered to trade them a few pounds of frozen horsehide for the Colt's revolver that kept the big hunting-knife company at Hal's hip. A poor substitute for food was this hide, just as it had been stripped from the starved horses of the cattlemen six months back. In its frozen state it was more like strips of galvanized iron, and when a dog wrestled it into his stomach it thawed into thin and innutritious leathery strings and into a mass of short hair, irritating and indigestible.

de Charles. Y que la lengua chismosa de la hermana de Charles fuera relevante para encender un fuego en el Yukón, sólo era evidente para Mercedes, que se desahogó con copiosas opiniones sobre ese tema y, de paso, sobre algunos otros rasgos desagradablemente peculiares de la familia de su marido. Mientras tanto, el fuego seguía sin encenderse, el campamento a medio montar y los perros sin alimentarse.

Mercedes albergaba un agravio especial... el agravio del sexo. Era guapa y suave, y había sido tratada caballerosamente todos sus días. Pero el trato actual por parte de su marido y su hermano era todo menos caballeroso. Era su costumbre estar indefensa. Se quejaron. Al impugnar lo que para ella era su prerrogativa sexual más esencial, les hizo la vida insoportable. Ya no tuvo en cuenta a los perros y, como estaba dolorida y cansada, se empeñó en montar en el trineo. Era guapa y suave, pero pesaba ciento veinte libras... una lujuriosa gota que colmaba el vaso de la carga arrastrada por los débiles y hambrientos animales. Montó durante días, hasta que ellos cayeron en las riendas y el trineo se quedó parado. Charles y Hal le rogaron que se bajara y caminara, le suplicaron, le imploraron, mientras ella lloraba e importunaba al Cielo con un recuento de su brutalidad.

En una ocasión la sacaron del trineo por fuerza bruta. No volvieron a hacerlo. Ella dejó que sus piernas flaquearan como una niña malcriada y se sentó en la pista. Ellos siguieron su camino, pero ella no se movió. Después de haber recorrido tres millas descargaron el trineo, volvieron a por ella, y por fuerza bruta la subieron de nuevo al trineo.

En el exceso de su propia miseria eran insensibles al sufrimiento de sus animales. La teoría de Hal, que practicaba con los demás, era que uno debe endurecerse. Había empezado predicándosela a su hermana y a su cuñado. Al fracasar allí, se la clavaba a los perros con un garrote. En el Five Fingers se acabó la comida para perros, y una vieja india desdentada se ofreció a cambiarles unas libras de piel de caballo congelada por el revólver Colt que hacía compañía al gran cuchillo de caza en la cadera de Hal. Un pobre sustituto de la comida era esta piel, tal y como se la habían arrancado a los famélicos caballos de los ganaderos seis meses atrás. En su estado congelado se parecía más a tiras de hierro galvanizado, y cuando un perro se la metía en el estómago se descongelaba en finas e innutritivas hebras coriáceas y en una masa de pelo corto, irritante e indigesto.

And through it all Buck staggered along at the head of the team as in a nightmare. He pulled when he could; when he could no longer pull, he fell down and remained down till blows from whip or club drove him to his feet again. All the stiffness and gloss had gone out of his beautiful furry coat. The hair hung down, limp and draggled, or matted with dried blood where Hal's club had bruised him. His muscles had wasted away to knotty strings, and the flesh pads had disappeared, so that each rib and every bone in his frame were outlined cleanly through the loose hide that was wrinkled in folds of emptiness. It was heartbreaking, only Buck's heart was unbreakable. The man in the red sweater had proved that.

As it was with Buck, so was it with his mates. They were perambulating skeletons. There were seven all together, including him. In their very great misery they had become insensible to the bite of the lash or the bruise of the club. The pain of the beating was dull and distant, just as the things their eyes saw and their ears heard seemed dull and distant. They were not half living, or quarter living. They were simply so many bags of bones in which sparks of life fluttered faintly. When a halt was made, they dropped down in the traces like dead dogs, and the spark dimmed and paled and seemed to go out. And when the club or whip fell upon them, the spark fluttered feebly up, and they tottered to their feet and staggered on.

There came a day when Billee, the good-natured, fell and could not rise. Hal had traded off his revolver, so he took the axe and knocked Billee on the head as he lay in the traces, then cut the carcass out of the harness and dragged it to one side. Buck saw, and his mates saw, and they knew that this thing was very close to them. On the next day Koona went, and but five of them remained: Joe, too far gone to be malignant; Pike, crippled and limping, only half conscious and not conscious enough longer to malinger; Sol-leks, the one-eyed, still faithful to the toil of trace and trail, and mournful in that he had so little strength with which to pull; Teek, who had not travelled so far that winter and who was now beaten more than the others because he was fresher; and Buck, still at the head of the team, but no longer enforcing discipline or striving to enforce it, blind with weakness half the time and keeping the trail by the loom of it and by the dim feel of his feet.

Y a través de todo ello Buck se tambaleó a la cabeza del equipo como en una pesadilla. Tiraba cuando podía; cuando ya no podía tirar más, se caía y permanecía en el suelo hasta que los golpes de látigo o garrote le hacían ponerse en pie de nuevo. Toda la rigidez y el brillo habían desaparecido de su hermoso pelaje. El pelo le colgaba, lacio y arrastrándose, o enmarañado con sangre seca donde el garrote de Hal le había magullado. Sus músculos se habían consumido hasta convertirse en hilos nudosos, y las almohadillas de carne habían desaparecido, de modo que cada costilla y cada hueso de su armazón se perfilaban limpiamente a través de la piel suelta que se arrugaba en pliegues de vacío. Era desgarrador, sólo que el corazón de Buck era irrompible. El hombre del jersey rojo se lo había demostrado.

Lo mismo que ocurría con Buck, ocurría con sus compañeros. Eran esqueletos ambulantes. Eran siete en total, incluido él. En su gran miseria se habían vuelto insensibles a la picadura del látigo o al magullón del garrote. El dolor de la paliza era sordo y distante, igual que lo que veían sus ojos y oían sus oídos parecía sordo y distante. No estaban medio vivos, ni un cuarto vivos. Eran simplemente otros tantos sacos de huesos en los que revoloteaban débilmente chispas de vida. Cuando se hacía un alto, se dejaban caer en las riendas como perros muertos, y la chispa se atenuaba, palidecía y parecía apagarse. Y cuando el garrote o el látigo caían sobre ellos, la chispa revoloteaba débilmente hacia arriba, y se ponían en pie tambaleándose.

Llegó un día en que Billee, el bonachón, cayó y no pudo levantarse. Hal había vendido su revólver, así que cogió el hacha y golpeó a Billee en la cabeza mientras yacía entre las riendas, luego cortó el cadáver del arnés y lo arrastró hacia un lado. Buck y sus compañeros vieron y supieron que eso estaba muy cerca de ellos. Al día siguiente Koona se fue, y sólo quedaron cinco de ellos: Joe, demasiado perdido para ser maligno; Pike, tullido y cojeando, sólo consciente a medias y ya no lo suficiente para seguir con su malicia; Sol-leks, el tuerto, aún fiel a la faena del rastro y la huella, y afligido por tener tan pocas fuerzas con las que tirar; Teek, que no había viajado tanto ese invierno y que ahora sufría más que los demás porque estaba más fresco; y Buck, todavía a la cabeza del equipo, pero ya no imponiéndose la disciplina ni esforzándose por imponerla, ciego de debilidad la mitad del tiempo y manteniendo el rastro por el asomo y por el tenue tacto de sus pies.

It was beautiful spring weather, but neither dogs nor humans were aware of it. Each day the sun rose earlier and set later. It was dawn by three in the morning, and twilight lingered till nine at night. The whole long day was a blaze of sunshine. The ghostly winter silence had given way to the great spring murmur of awakening life. This murmur arose from all the land, fraught with the joy of living. It came from the things that lived and moved again, things which had been as dead and which had not moved during the long months of frost. The sap was rising in the pines. The willows and aspens were bursting out in young buds. Shrubs and vines were putting on fresh garbs of green. Crickets sang in the nights, and in the days all manner of creeping, crawling things rustled forth into the sun. Partridges and woodpeckers were booming and knocking in the forest. Squirrels were chattering, birds singing, and overhead honked the wild-fowl driving up from the south in cunning wedges that split the air.

From every hill slope came the trickle of running water, the music of unseen fountains. All things were thawing, bending, snapping. The Yukon was straining to break loose the ice that bound it down. It ate away from beneath; the sun ate from above. Air-holes formed, fissures sprang and spread apart, while thin sections of ice fell through bodily into the river. And amid all this bursting, rending, throbbing of awakening life, under the blazing sun and through the soft-sighing breezes, like wayfarers to death, staggered the two men, the woman, and the huskies.

With the dogs falling, Mercedes weeping and riding, Hal swearing innocuously, and Charles's eyes wistfully watering, they staggered into John Thornton's camp at the mouth of White River. When they halted, the dogs dropped down as though they had all been struck dead. Mercedes dried her eyes and looked at John Thornton. Charles sat down on a log to rest. He sat down very slowly and painstakingly what of his great stiffness. Hal did the talking. John Thornton was whittling the last touches on an axe-handle he had made from a stick of birch. He whittled and listened, gave monosyllabic replies, and, when it was asked, terse advice. He knew the breed, and he gave his advice in the certainty that it would not be followed.

Hacía un tiempo primaveral precioso, pero ni los perros ni los humanos eran conscientes de ello. Cada día el sol salía más temprano y se ponía más tarde. Amanecía a las tres de la mañana y el crepúsculo se prolongaba hasta las nueve de la noche. Todo el largo día era un resplandor de sol. El fantasmal silencio invernal había dado paso al gran murmullo primaveral del despertar de la vida. Este murmullo surgía de toda la tierra, cargado de la alegría de vivir. Procedía de las cosas que vivían y se movían de nuevo, cosas que habían estado como muertas y que no se habían movido durante los largos meses de heladas. La savia subía en los pinos. Los sauces y los álamos estaban brotando en jóvenes retoños. Los arbustos y las enredaderas se vestían de verde. Los grillos cantaban por las noches y por los días toda clase de seres rastreros y reptantes crujían al sol. Las perdices y los pájaros carpinteros trinaban y golpeaban en el bosque. Las ardillas parloteaban, los pájaros cantaban, y sobre sus cabezas graznaban las aves silvestres que llegaban del sur en astutas cuñas que hendían el aire.

De cada ladera llegaba el goteo del agua corriendo, la música de fuentes invisibles. Todas las cosas se descongelaban, se doblaban, se rompían. El Yukón se esforzaba por romper el hielo que lo sujetaba. Comía desde abajo; el sol comía desde arriba. Se formaron agujeros de aire, las fisuras brotaron y se separaron, mientras delgadas secciones de hielo caían con fuerza al río. Y en medio de todo este estallido, desgarro y palpitación de la vida que despertaba, bajo el sol abrasador y a través de las suaves brisas, como caminantes hacia la muerte, se tambaleaban los dos hombres, la mujer y los huskies.

Con los perros cayendo, Mercedes llorando y montando, Hal jurando inocentemente y los ojos de Charles anegados de nostalgia, llegaron tambaleándose al campamento de John Thornton en la desembocadura del río White. Cuando se detuvieron, los perros se echaron al suelo como si les hubieran dado un golpe mortal. Mercedes se secó los ojos y miró a John Thornton. Charles se sentó en un tronco para descansar. Se sentó muy despacio y con dificultad, debido a su gran rigidez. Hal fue el que habló. John Thornton estaba tallando los últimos retoques de un mango de hacha que había hecho con un palo de abedul. Tallaba y escuchaba, daba respuestas monosilábicas y, cuando se le pedía, consejos escuetos. Conocía la raza y daba sus consejos con la certeza de que no serían seguidos.

"They told us up above that the bottom was dropping out of the trail and that the best thing for us to do was to lay over," Hal said in response to Thornton's warning to take no more chances on the rotten ice. "They told us we couldn't make White River, and here we are." This last with a sneering ring of triumph in it.

"And they told you true," John Thornton answered. "The bottom's likely to drop out at any moment. Only fools, with the blind luck of fools, could have made it. I tell you straight, I wouldn't risk my carcass on that ice for all the gold in Alaska."

"That's because you're not a fool, I suppose," said Hal. "All the same, we'll go on to Dawson." He uncoiled his whip. "Get up there, Buck! Hi! Get up there! Mush on!"

Thornton went on whittling. It was idle, he knew, to get between a fool and his folly; while two or three fools more or less would not alter the scheme of things.

But the team did not get up at the command. It had long since passed into the stage where blows were required to rouse it. The whip flashed out, here and there, on its merciless errands. John Thornton compressed his lips. Sol-leks was the first to crawl to his feet. Teek followed. Joe came next, yelping with pain. Pike made painful efforts. Twice he fell over, when half up, and on the third attempt managed to rise. Buck made no effort. He lay quietly where he had fallen. The lash bit into him again and again, but he neither whined nor struggled. Several times Thornton started, as though to speak, but changed his mind. A moisture came into his eyes, and, as the whipping continued, he arose and walked irresolutely up and down.

This was the first time Buck had failed, in itself a sufficient reason to drive Hal into a rage. He exchanged the whip for the customary club. Buck refused to move under the rain of heavier blows which now fell upon him. Like his mates, he was barely able to get up, but, unlike them, he had made up his mind not to get up. He had a vague feeling of impending doom. This had been strong upon him when he pulled in to the bank, and it had not departed from him. What of the thin and rotten ice he had felt under his feet all day, it seemed that he

«Nos dijeron arriba que el fondo de la pista estaba cediendo y que lo mejor que podíamos hacer era echarnos a un lado», dijo Hal en respuesta a la advertencia de Thornton de no arriesgarse más en el hielo resquebrajado. «Nos dijeron que no podríamos llegar al río White, y aquí estamos». Esto último con un tono burlón y de triunfo.

«Y te dijeron la verdad», respondió John Thornton. «Es probable que el fondo se desplome en cualquier momento. Sólo los tontos, con la suerte ciega de los tontos, podrían haberlo logrado. Te digo la verdad, no arriesgaría mi cadáver en ese hielo ni por todo el oro de Alaska».

«Eso es porque no eres tonto, supongo», dijo Hal. «De todos modos, seguiremos hasta Dawson». Desenrolló su látigo. «¡Sube ahí, Buck! ¡Arriba! ¡Sube ahí! ¡Vamos!».

Thornton siguió tallando. Era ocioso, lo sabía, interponerse entre un tonto y su locura; mientras que dos o tres tontos más o menos no alterarían el esquema de las cosas.

Pero el equipo no se levantó al oír la orden. Hacía tiempo que había pasado a la fase en la que se necesitaban golpes para reanimarlo. El látigo relampagueaba, aquí y allá, en sus despiadados recados. John Thornton apretó los labios. Sol-leks fue el primero en arrastrarse hasta ponerse en pie. Teek le siguió. Joe fue el siguiente, aullando de dolor. Pike hizo esfuerzos de dolor. Dos veces se cayó, cuando estaba medio levantado, y al tercer intento consiguió levantarse. Buck no hizo ningún esfuerzo. Permaneció quieto donde había caído. El látigo le azotaba una y otra vez, pero ni gimoteaba ni forcejeaba. Varias veces Thornton se sobresaltó, como si fuera a hablar, pero cambió de opinión. Se le humedecieron los ojos y, mientras continuaban los azotes, se levantó y caminó irresoluto arriba y abajo.

Ésta era la primera vez que Buck fallaba, en sí misma una razón suficiente para hacer enfurecer a Hal. Éste cambió el látigo por el garrote habitual. Buck se negó a moverse bajo la lluvia de golpes más fuertes que ahora caían sobre él. Al igual que sus compañeros, apenas era capaz de levantarse, pero, a diferencia de ellos, había tomado la decisión de no hacerlo. Tenía una vaga sensación de fatalidad inminente. Esta sensación se había apoderado de él cuando se acercó a la orilla, y no se había apartado de él. A pesar del hielo fino y podrido que había sentido

sensed disaster close at hand, out there ahead on the ice where his master was trying to drive him. He refused to stir. So greatly had he suffered, and so far gone was he, that the blows did not hurt much. And as they continued to fall upon him, the spark of life within flickered and went down. It was nearly out. He felt strangely numb. As though from a great distance, he was aware that he was being beaten. The last sensations of pain left him. He no longer felt anything, though very faintly he could hear the impact of the club upon his body. But it was no longer his body, it seemed so far away.

And then, suddenly, without warning, uttering a cry that was inarticulate and more like the cry of an animal, John Thornton sprang upon the man who wielded the club. Hal was hurled backward, as though struck by a falling tree. Mercedes screamed. Charles looked on wistfully, wiped his watery eyes, but did not get up because of his stiffness.

John Thornton stood over Buck, struggling to control himself, too convulsed with rage to speak.

"If you strike that dog again, I'll kill you," he at last managed to say in a choking voice.

"It's my dog," Hal replied, wiping the blood from his mouth as he came back. "Get out of my way, or I'll fix you. I'm going to Dawson."

Thornton stood between him and Buck, and evinced no intention of getting out of the way. Hal drew his long hunting-knife. Mercedes screamed, cried, laughed, and manifested the chaotic abandonment of hysteria. Thornton rapped Hal's knuckles with the axe-handle, knocking the knife to the ground. He rapped his knuckles again as he tried to pick it up. Then he stooped, picked it up himself, and with two strokes cut Buck's traces.

Hal had no fight left in him. Besides, his hands were full with his sister, or his arms, rather; while Buck was too near dead to be of further use in hauling the sled. A few minutes later they pulled out from the bank and down the river. Buck heard them go and raised his head to see, Pike was leading, Sol-leks was at the wheel, and between were

bajo sus pies durante todo el día, parecía que intuía el desastre muy cerca, ahí delante, en el hielo, donde su amo intentaba conducirle. Se negó a agitarse. Tanto había sufrido, y tan ido estaba, que los golpes no le dolieron mucho. Y mientras seguían cayendo sobre él, la chispa de vida que llevaba dentro parpadeó y se fue apagando. Estaba casi apagada. Se sentía extrañamente entumecido. Como desde una gran distancia, era consciente de que le estaban golpeando. Las últimas sensaciones de dolor le abandonaron. Ya no sentía nada, aunque muy débilmente podía oír el impacto del garrote sobre su cuerpo. Pero ya no era su cuerpo, parecía tan lejano.

Y entonces, de repente, sin previo aviso, lanzando un grito inarticulado que más parecía el de un animal, John Thornton se abalanzó sobre el hombre que empuñaba el garrote. Hal fue lanzado hacia atrás, como golpeado por la caída de un árbol. Mercedes gritó. Charles miró con nostalgia, se enjugó los ojos llorosos, pero no se levantó a causa de su rigidez.

John Thornton estaba de pie junto a Buck, luchando por controlarse, demasiado convulsionado por la rabia como para hablar.

«Si vuelves a golpear a ese perro, te mataré», consiguió decir por fin con voz entrecortada.

«Es mi perro», respondió Hal, limpiándose la sangre de la boca al volver. «Apártate de mi camino o te las verás conmigo. Voy a Dawson».

Thornton se interpuso entre él y Buck, y no mostró ninguna intención de apartarse. Hal desenvainó su largo cuchillo de caza. Mercedes gritó, lloró, rió y mostró el caótico abandono de la histeria. Thornton golpeó los nudillos de Hal con el mango del hacha, tirando el cuchillo al suelo. Volvió a golpearle los nudillos cuando intentaba recogerlo. Luego se agachó, lo recogió él mismo y con dos tajos cortó las riendas de Buck.

A Hal ya no le quedaba fuerza para luchar. Además, tenía las manos ocupadas con su hermana, o más bien con sus brazos; mientras que Buck estaba demasiado cerca de la muerte como para seguir siendo útil para arrastrar el trineo. Unos minutos más tarde se alejaron de la orilla y bajaron por el río. Buck les oyó marchar y levantó la cabeza para ver,

Joe and Teek. They were limping and staggering. Mercedes was riding the loaded sled. Hal guided at the gee-pole, and Charles stumbled along in the rear.

As Buck watched them, Thornton knelt beside him and with rough, kindly hands searched for broken bones. By the time his search had disclosed nothing more than many bruises and a state of terrible starvation, the sled was a quarter of a mile away. Dog and man watched it crawling along over the ice. Suddenly, they saw its back end drop down, as into a rut, and the gee-pole, with Hal clinging to it, jerk into the air. Mercedes's scream came to their ears. They saw Charles turn and make one step to run back, and then a whole section of ice give way and dogs and humans disappear. A yawning hole was all that was to be seen. The bottom had dropped out of the trail.

John Thornton and Buck looked at each other.

"You poor devil," said John Thornton, and Buck licked his hand.

Pike iba a la cabeza, Sol-leks en varas, y entre ellos estaban Joe y Teek. Cojeaban y se tambaleaban. Mercedes montaba el trineo cargado. Hal guiaba en la palanca de mando y Charles iba a los tumbos en la retaguardia.

Mientras Buck los observaba, Thornton se arrodilló a su lado y con manos ásperas y amables buscó huesos rotos. Para cuando su búsqueda no había revelado más que muchas magulladuras y un estado de inanición terrible, el trineo estaba a un cuarto de milla de distancia. Perro y hombre lo observaron arrastrándose sobre el hielo. De repente, vieron cómo su parte trasera caía hacia abajo, como en un surco, y cómo la palanca de mando, con Hal aferrado a ella, se sacudía en el aire. El grito de Mercedes llegó a sus oídos. Vieron a Charles darse la vuelta y dar un paso para volver corriendo, y entonces toda una sección de hielo cedió y los perros y los humanos desaparecieron. Un agujero enorme era todo lo que se veía. El fondo de la pista se había desplomado.

John Thornton y Buck se miraron.

«Pobre diablo», dijo John Thornton, y Buck le lamió la mano.

CHAPTER VI – FOR THE LOVE OF A MAN

When John Thornton froze his feet in the previous December his partners had made him comfortable and left him to get well, going on themselves up the river to get out a raft of saw-logs for Dawson. He was still limping slightly at the time he rescued Buck, but with the continued warm weather even the slight limp left him. And here, lying by the river bank through the long spring days, watching the running water, listening lazily to the songs of birds and the hum of nature, Buck slowly won back his strength.

A rest comes very good after one has travelled three thousand miles, and it must be confessed that Buck waxed lazy as his wounds healed, his muscles swelled out, and the flesh came back to cover his bones. For that matter, they were all loafing,—Buck, John Thornton, and Skeet and Nig,—waiting for the raft to come that was to carry them down to Dawson. Skeet was a little Irish setter who early made friends with Buck, who, in a dying condition, was unable to resent her first advances. She had the doctor trait which some dogs possess; and as a mother cat washes her kittens, so she washed and cleansed Buck's wounds. Regularly, each morning after he had finished his breakfast, she performed her self-appointed task, till he came to look for her ministrations as much as he did for Thornton's. Nig, equally friendly, though less demonstrative, was a huge black dog, half bloodhound and half deerhound, with eyes that laughed and a boundless good nature.

To Buck's surprise these dogs manifested no jealousy toward him. They seemed to share the kindliness and largeness of John Thornton. As Buck grew stronger they enticed him into all sorts of ridiculous games, in which Thornton himself could not forbear to join; and in this fashion Buck romped through his convalescence and into a new existence. Love, genuine passionate love, was his for the first time. This he had never experienced at Judge Miller's down in the sun-kissed Santa Clara Valley. With the Judge's sons, hunting and tramping, it had been a working partnership; with the Judge's grandsons, a sort of pompous guardianship; and with the Judge himself, a stately and dignified friendship. But love that was feverish and burning, that was adoration, that was madness, it had taken John Thornton to arouse.

Cuando John Thornton se congeló los pies en el mes de diciembre anterior, sus compañeros le habían reconfortado y dejado que se recuperara, remontando ellos mismos el río para sacar una balsa de troncos de sierra para Dawson. Todavía cojeaba ligeramente en el momento de rescatar a Buck, pero con el continuo tiempo cálido incluso la ligera cojera le abandonó. Y aquí, tumbado junto a la orilla del río durante los largos días de primavera, observando el agua correr, escuchando perezosamente los cantos de los pájaros y el zumbido de la naturaleza, Buck recuperó lentamente sus fuerzas.

Un descanso viene muy bien después de haber recorrido tres mil millas, y hay que confesar que Buck se volvió perezoso a medida que sus heridas cicatrizaban, sus músculos se hinchaban y la carne volvía a cubrir sus huesos. Por lo demás, todos estaban holgazaneando —Buck, John Thornton y Skeet y Nig—, esperando a que llegara la balsa que debía llevarlos hasta Dawson. Skeet era una pequeña setter irlandesa que pronto se hizo amiga de Buck, quien, en estado moribundo, fue incapaz de resentir sus primeros avances. Tenía el rasgo de médico que poseen algunos perros; y como una gata madre lava a sus gatitos, así lavaba y limpiaba las heridas de Buck. Regularmente, cada mañana después de que él hubiera terminado su desayuno, ella realizaba su tarea autoimpuesta, hasta que él llegó a buscar sus ministraciones tanto como las de Thornton. Nig, igualmente amistoso, aunque menos demostrativo, era un enorme perro negro, mitad sabueso y mitad lebrel, con unos ojos que reían y un buen carácter sin límites.

Para sorpresa de Buck, estos perros no manifestaron celos hacia él. Parecían compartir la amabilidad y la grandeza de John Thornton. A medida que Buck se hacía más fuerte, le atraían a toda clase de juegos ridículos, en los que el propio Thornton no podía evitar unirse; y de esta manera Buck retozó durante su convalecencia y hacia una nueva existencia. El amor, el auténtico amor apasionado, fue suyo por primera vez. Esto nunca lo había experimentado en casa del juez Miller, en el soleado valle de Santa Clara. Con los hijos del Juez, de caza y de excursión, había sido una asociación de trabajo; con los nietos del Juez, una especie de tutela pomposa; y con el propio Juez, una amistad señorial y digna. Pero el amor febril y ardiente, que era adoración, que era locura, le había tocado a John Thornton despertarlo.

This man had saved his life, which was something; but, further, he was the ideal master. Other men saw to the welfare of their dogs from a sense of duty and business expediency; he saw to the welfare of his as if they were his own children, because he could not help it. And he saw further. He never forgot a kindly greeting or a cheering word, and to sit down for a long talk with them ("gas" he called it) was as much his delight as theirs. He had a way of taking Buck's head roughly between his hands, and resting his own head upon Buck's, of shaking him back and forth, the while calling him ill names that to Buck were love names. Buck knew no greater joy than that rough embrace and the sound of murmured oaths, and at each jerk back and forth it seemed that his heart would be shaken out of his body so great was its ecstasy. And when, released, he sprang to his feet, his mouth laughing, his eyes eloquent, his throat vibrant with unuttered sound, and in that fashion remained without movement, John Thornton would reverently exclaim, "God! you can all but speak!"

Buck had a trick of love expression that was akin to hurt. He would often seize Thornton's hand in his mouth and close so fiercely that the flesh bore the impress of his teeth for some time afterward. And as Buck understood the oaths to be love words, so the man understood this feigned bite for a caress.

For the most part, however, Buck's love was expressed in adoration. While he went wild with happiness when Thornton touched him or spoke to him, he did not seek these tokens. Unlike Skeet, who was wont to shove her nose under Thornton's hand and nudge and nudge till petted, or Nig, who would stalk up and rest his great head on Thornton's knee, Buck was content to adore at a distance. He would lie by the hour, eager, alert, at Thornton's feet, looking up into his face, dwelling upon it, studying it, following with keenest interest each fleeting expression, every movement or change of feature. Or, as chance might have it, he would lie farther away, to the side or rear, watching the outlines of the man and the occasional movements of his body. And often, such was the communion in which they lived, the strength of Buck's gaze would draw John Thornton's head around, and he would return the gaze, without speech, his heart shining out of his eyes as Buck's heart shone out.

Este hombre le había salvado la vida, lo cual ya era algo; pero, además, era el amo ideal. Otros hombres se ocupaban del bienestar de sus perros por sentido del deber y conveniencia comercial; él se ocupaba del bienestar de los suyos como si fueran sus propios hijos, porque no podía evitarlo. Y veía más allá. Nunca olvidaba un saludo amable o una palabra de ánimo, y sentarse a charlar largo y tendido con ellos («cotorrear», lo llamaba él) era tanto su deleite como el de ellos. Tenía una manera de tomar la cabeza de Buck bruscamente entre sus manos, y de apoyar su propia cabeza sobre la de Buck, de sacudirle de un lado a otro, mientras le decía nombres malsonantes que para Buck eran nombres de amor. Buck no conocía mayor alegría que aquel áspero abrazo y el sonido de los juramentos murmurados, y a cada sacudida hacia adelante y hacia atrás parecía que su corazón iba a salirse de su cuerpo, tan grande era su éxtasis. Y cuando, liberado, se ponía en pie de un salto, con la boca risueña, los ojos elocuentes, la garganta vibrante de sonidos no pronunciados, y de ese modo permanecía sin moverse, John Thornton exclamaba reverente: «¡Dios! ¡puedes hacer todo menos hablar!».

Buck tenía una artimaña para expresar su amor que parecía herir. A menudo cogía la mano de Thornton con la boca y la cerraba con tanta fiereza que la carne llevaba la huella de sus dientes durante algún tiempo después. Y así como Buck entendía los juramentos como palabras de amor, el hombre entendía este mordisco fingido por una caricia.

En general, sin embargo, el amor de Buck se expresaba en adoración. Aunque enloquecía de felicidad cuando Thornton le tocaba o le hablaba, no buscaba estas muestras. A diferencia de Skeet, que solía meter la nariz bajo la mano de Thornton y le daba un codazo y otro hasta que le acariciaba, o de Nig, que se acercaba a hurtadillas y apoyaba su gran cabeza en la rodilla de Thornton, Buck se contentaba con adorar a la distancia. Se tumbaba por horas, ansioso, alerta, a los pies de Thornton, mirándole a la cara, deteniéndose en ella, estudiándola, siguiendo con el mayor interés cada expresión fugaz, cada movimiento o cambio de rasgo. O, por casualidad, se colocaba más lejos, a un lado o detrás, observando los contornos del hombre y los movimientos ocasionales de su cuerpo. Y a menudo, tal era la comunión en la que vivían, la fuerza de la mirada de Buck atraía la cabeza de John Thornton y éste le devolvía la mirada, sin hablar, con el corazón brillando en sus ojos como brillaba el corazón de Buck.

For a long time after his rescue, Buck did not like Thornton to get out of his sight. From the moment he left the tent to when he entered it again, Buck would follow at his heels. His transient masters since he had come into the Northland had bred in him a fear that no master could be permanent. He was afraid that Thornton would pass out of his life as Perrault and François and the Scotch half-breed had passed out. Even in the night, in his dreams, he was haunted by this fear. At such times he would shake off sleep and creep through the chill to the flap of the tent, where he would stand and listen to the sound of his master's breathing.

But in spite of this great love he bore John Thornton, which seemed to bespeak the soft civilizing influence, the strain of the primitive, which the Northland had aroused in him, remained alive and active. Faithfulness and devotion, things born of fire and roof, were his; yet he retained his wildness and wiliness. He was a thing of the wild, come in from the wild to sit by John Thornton's fire, rather than a dog of the soft Southland stamped with the marks of generations of civilization. Because of his very great love, he could not steal from this man, but from any other man, in any other camp, he did not hesitate an instant; while the cunning with which he stole enabled him to escape detection.

His face and body were scored by the teeth of many dogs, and he fought as fiercely as ever and more shrewdly. Skeet and Nig were too good-natured for quarrelling,—besides, they belonged to John Thornton; but the strange dog, no matter what the breed or valor, swiftly acknowledged Buck's supremacy or found himself struggling for life with a terrible antagonist. And Buck was merciless. He had learned well the law of club and fang, and he never forewent an advantage or drew back from a foe he had started on the way to Death. He had lessoned from Spitz, and from the chief fighting dogs of the police and mail, and knew there was no middle course. He must master or be mastered; while to show mercy was a weakness. Mercy did not exist in the primordial life. It was misunderstood for fear, and such misunderstandings made for death. Kill or be killed, eat or be eaten, was the law; and this mandate, down out of the depths of Time, he obeyed.

He was older than the days he had seen and the breaths he had

Durante mucho tiempo después de su rescate, a Buck no le gustaba que Thornton se perdiera de vista. Desde que salía de la carpa hasta que volvía a entrar en ella, Buck le seguía los talones. Sus amos pasajeros desde que había llegado a las Tierras del Norte habían engendrado en él el temor de que ningún amo fuera permanente. Temía que Thornton pasara de su vida como habían pasado Perrault y François y el mestizo escocés. Incluso por la noche, en sus sueños, le atormentaba este temor. En esos momentos se sacudía el sueño y se arrastraba a través del frío hasta la trampilla de la carpa, donde se quedaba de pie escuchando el sonido de la respiración de su amo.

Pero a pesar de este gran amor que profesaba a John Thornton, que parecía denotar la suave influencia civilizadora, la cepa de lo primitivo que la Tierra del Norte había despertado en él permanecía viva y activa. La fidelidad y la devoción, cosas nacidas del fuego y del techo, eran suyas; sin embargo, conservaba su salvajismo y su fiereza. Era una cosa de la naturaleza, venida de lo salvaje para sentarse junto al fuego de John Thornton, más que un perro de la suave Tierra del Sur estampado con las marcas de generaciones de civilización. Debido a su gran amor, no podía robar a este hombre, pero a cualquier otro, en cualquier otro campamento, no dudaba un instante; mientras que la astucia con la que robaba le permitía escapar a la detección.

Su cara y su cuerpo estaban marcados por los dientes de muchos perros, y luchaba tan ferozmente como siempre y con más astucia. Skeet y Nig eran demasiado bondadosos como para pelear, además, pertenecían a John Thornton; pero el perro desconocido, sin importar la raza o el valor, reconocía rápidamente la supremacía de Buck o se encontraba luchando por su vida con un terrible antagonista. Y Buck no tenía piedad. Había aprendido bien la ley del garrote y el colmillo, y nunca renunciaba a una ventaja ni retrocedía ante un enemigo que había iniciado el camino hacia la muerte. Había aprendido de Spitz y de los mejores perros de pelea de la policía y del correo, y sabía que no había término medio. Debía dominar o ser dominado; mientras que mostrar piedad era una debilidad. La piedad no existía en la vida primordial. Se malinterpretaba como miedo, y tales malentendidos provocaban la muerte. Matar o ser matado, comer o ser comido, era la ley; y a este mandato, venido de las profundidades del Tiempo, obedeció.

Era más viejo que los días que había visto y los respiros que había

drawn. He linked the past with the present, and the eternity behind him throbbed through him in a mighty rhythm to which he swayed as the tides and seasons swayed. He sat by John Thornton's fire, a broad-breasted dog, white-fanged and long-furred; but behind him were the shades of all manner of dogs, half-wolves and wild wolves, urgent and prompting, tasting the savor of the meat he ate, thirsting for the water he drank, scenting the wind with him, listening with him and telling him the sounds made by the wild life in the forest, dictating his moods, directing his actions, lying down to sleep with him when he lay down, and dreaming with him and beyond him and becoming themselves the stuff of his dreams.

So peremptorily did these shades beckon him, that each day mankind and the claims of mankind slipped farther from him. Deep in the forest a call was sounding, and as often as he heard this call, mysteriously thrilling and luring, he felt compelled to turn his back upon the fire and the beaten earth around it, and to plunge into the forest, and on and on, he knew not where or why; nor did he wonder where or why, the call sounding imperiously, deep in the forest. But as often as he gained the soft unbroken earth and the green shade, the love for John Thornton drew him back to the fire again.

Thornton alone held him. The rest of mankind was as nothing. Chance travellers might praise or pet him; but he was cold under it all, and from a too demonstrative man he would get up and walk away. When Thornton's partners, Hans and Pete, arrived on the long-expected raft, Buck refused to notice them till he learned they were close to Thornton; after that he tolerated them in a passive sort of way, accepting favors from them as though he favored them by accepting. They were of the same large type as Thornton, living close to the earth, thinking simply and seeing clearly; and ere they swung the raft into the big eddy by the saw-mill at Dawson, they understood Buck and his ways, and did not insist upon an intimacy such as obtained with Skeet and Nig.

For Thornton, however, his love seemed to grow and grow. He, alone among men, could put a pack upon Buck's back in the summer travelling. Nothing was too great for Buck to do, when Thorn-

respirado. Unía el pasado con el presente, y la eternidad que había tras él palpitaba a través de él en un ritmo poderoso al que se mecía como se mecían las mareas y las estaciones. Estaba sentado junto al fuego de John Thornton, un perro de pecho ancho, colmillos blancos y pelaje largo; pero detrás de él estaban las sombras de toda clase de perros, medio lobos y lobos salvajes, urgentes e incitantes, probando el sabor de la carne que comía, sedientos del agua que bebía, olfateando el viento con él, escuchando con él y contándole los sonidos que emitía la vida salvaje del bosque, dictando sus estados de ánimo, dirigiendo sus acciones, tumbándose a dormir con él cuando se acostaba, y soñando con él y más allá de él y convirtiéndose ellos mismos en la materia de sus sueños.

Tan perentoriamente le llamaban estas sombras, que cada día la humanidad y las pretensiones de la humanidad se alejaban más de él. En lo profundo del bosque sonaba una llamada, y tan a menudo como oía esta llamada, misteriosamente emocionante y atrayente, se sentía obligado a dar la espalda al fuego y a la tierra batida que lo rodeaba, y a sumergirse en el bosque, y así sucesivamente, sin saber dónde ni por qué; ni se preguntaba dónde ni por qué, la llamada sonaba imperiosamente, en lo profundo del bosque. Pero tan a menudo como alcanzaba la suave tierra intacta y la verde sombra, el amor por John Thornton le atraía de nuevo al fuego.

Sólo Thornton le retenía. El resto de la humanidad era como nada. Los viajeros fortuitos podían alabarle o acariciarle; pero él era frío ante todo ello, y ante un hombre demasiado demostrativo se levantaba y se alejaba. Cuando los compañeros de Thornton, Hans y Pete, llegaron en la tan esperada balsa, Buck se negó a fijarse en ellos hasta que supo que eran cercanos a Thornton; después de eso los toleró de una forma pasiva, aceptando favores de ellos como si les hiciera un favor al aceptarlos. Eran del mismo tipo grande que Thornton, vivían cerca de la tierra, pensaban con sencillez y veían con claridad; y antes de que metieran la balsa en el gran remolino junto al aserradero de Dawson, entendieron a Buck y sus costumbres, y no insistieron en una intimidad como la obtenida con Skeet y Nig.

Por Thornton, sin embargo, su amor parecía crecer y crecer. Él, solo entre los hombres, podía poner un fardo sobre la espalda de Buck en los viajes de verano. Nada era demasiado grande para que Buck lo hiciera,

ton commanded. One day (they had grub-staked themselves from the proceeds of the raft and left Dawson for the head-waters of the Tanana) the men and dogs were sitting on the crest of a cliff which fell away, straight down, to naked bed-rock three hundred feet below. John Thornton was sitting near the edge, Buck at his shoulder. A thoughtless whim seized Thornton, and he drew the attention of Hans and Pete to the experiment he had in mind. "Jump, Buck!" he commanded, sweeping his arm out and over the chasm. The next instant he was grappling with Buck on the extreme edge, while Hans and Pete were dragging them back into safety.

"It's uncanny," Pete said, after it was over and they had caught their speech.

Thornton shook his head. "No, it is splendid, and it is terrible, too. Do you know, it sometimes makes me afraid."

"I'm not hankering to be the man that lays hands on you while he's around," Pete announced conclusively, nodding his head toward Buck.

"Py Jingo!" was Hans's contribution. "Not mineself either."

It was at Circle City, ere the year was out, that Pete's apprehensions were realized. "Black" Burton, a man evil-tempered and malicious, had been picking a quarrel with a tenderfoot at the bar, when Thornton stepped good-naturedly between. Buck, as was his custom, was lying in a corner, head on paws, watching his master's every action. Burton struck out, without warning, straight from the shoulder. Thornton was sent spinning, and saved himself from falling only by clutching the rail of the bar.

Those who were looking on heard what was neither bark nor yelp, but a something which is best described as a roar, and they saw Buck's body rise up in the air as he left the floor for Burton's throat. The man saved his life by instinctively throwing out his arm, but was hurled backward to the floor with Buck on top of him. Buck loosed his teeth from the flesh of the arm and drove in again for the throat. This time the man succeeded only in partly blocking, and his throat was torn open. Then the crowd was upon Buck, and he was driven off;

cuando Thornton se lo ordenaba. Un día (habían recogido las ganancias de la balsa y abandonado Dawson para dirigirse a la cabecera del Tanana) los hombres y los perros estaban sentados en la cresta de un acantilado que caía, recto, hasta el lecho de roca desnuda trescientos pies más abajo. John Thornton estaba sentado cerca del borde, con Buck al hombro. Un capricho irreflexivo se apoderó de Thornton y llamó la atención de Hans y Pete sobre el experimento que tenía en mente. «¡Salta, Buck!», ordenó, extendiendo el brazo y señalando hacia el abismo. Al instante siguiente estaba forcejeando con Buck en el filo extremo, mientras Hans y Pete los arrastraban de vuelta a un lugar seguro.

«Es asombroso», dijo Pete, cuando hubo terminado y recuperaron el habla.

Thornton sacudió la cabeza. «No, es espléndido, y también es terrible. Sabes, a veces me da miedo».

«No quiero ser el hombre que te ponga las manos encima mientras él esté cerca», anunció Pete de forma concluyente, asintiendo con la cabeza hacia Buck.

«¡Jesucristo!», fue la contribución de Hans. «Yo tampoco».

Fue en Circle City, antes de que acabara el año, donde las aprensiones de Pete se hicieron realidad. «Black» Burton, un hombre malhumorado y malicioso, había estado discutiendo con un lugareño en la barra, cuando Thornton se interpuso bondadosamente. Buck, como era su costumbre, estaba tumbado en un rincón, con la cabeza sobre las patas, observando cada acción de su amo. Burton lanzó un golpe, sin previo aviso, directo desde el hombro. Thornton salió despedido dando vueltas, y se salvó de caer sólo agarrándose a la barandilla de la barra.

Los que estaban mirando oyeron lo que no era ni un ladrido ni un aullido, sino algo que se describe mejor como un rugido, y vieron cómo el cuerpo de Buck se elevaba en el aire mientras se dirigía desde el suelo hacia la garganta de Burton. El hombre salvó la vida al extender instintivamente el brazo, pero fue lanzado de espaldas al suelo con Buck encima. Buck soltó los dientes de la carne del brazo y se lanzó de nuevo a por la garganta. Esta vez el hombre sólo consiguió obstruirlo en parte, y su garganta fue desgarrada. Entonces la multitud se abalanzó sobre Buck,

but while a surgeon checked the bleeding, he prowled up and down, growling furiously, attempting to rush in, and being forced back by an array of hostile clubs. A "miners' meeting," called on the spot, decided that the dog had sufficient provocation, and Buck was discharged. But his reputation was made, and from that day his name spread through every camp in Alaska.

Later on, in the fall of the year, he saved John Thornton's life in quite another fashion. The three partners were lining a long and narrow poling-boat down a bad stretch of rapids on the Forty-Mile Creek. Hans and Pete moved along the bank, snubbing with a thin Manila rope from tree to tree, while Thornton remained in the boat, helping its descent by means of a pole, and shouting directions to the shore. Buck, on the bank, worried and anxious, kept abreast of the boat, his eyes never off his master.

At a particularly bad spot, where a ledge of barely submerged rocks jutted out into the river, Hans cast off the rope, and, while Thornton poled the boat out into the stream, ran down the bank with the end in his hand to snub the boat when it had cleared the ledge. This it did, and was flying down-stream in a current as swift as a mill-race, when Hans checked it with the rope and checked too suddenly. The boat flirted over and snubbed in to the bank bottom up, while Thornton, flung sheer out of it, was carried down-stream toward the worst part of the rapids, a stretch of wild water in which no swimmer could live.

Buck had sprung in on the instant; and at the end of three hundred yards, amid a mad swirl of water, he overhauled Thornton. When he felt him grasp his tail, Buck headed for the bank, swimming with all his splendid strength. But the progress shoreward was slow; the progress down-stream amazingly rapid. From below came the fatal roaring where the wild current went wilder and was rent in shreds and spray by the rocks which thrust through like the teeth of an enormous comb. The suck of the water as it took the beginning of the last steep pitch was frightful, and Thornton knew that the shore was impossible. He scraped furiously over a rock, bruised across a second, and struck a third with crushing force. He clutched its slippery top with both hands, releasing Buck, and above the roar of the churning

y fue expulsado; pero mientras un cirujano controlaba la hemorragia, él merodeaba arriba y abajo, gruñendo furiosamente, intentando entrar a la carrera, y siendo obligado a retroceder por una hilera de garrotes hostiles. Una «reunión de mineros», convocada en el lugar, decidió que el perro había tenido suficiente provocación, y Buck fue despedido. Pero su reputación estaba hecha, y desde ese día su nombre se extendió por todos los campamentos de Alaska.

Más tarde, en el otoño de ese mismo año, salvó la vida de John Thornton de una forma muy distinta. Los tres compañeros navegaban en un largo y estrecho bote de polines por un mal tramo de rápidos del arroyo Forty-Mile. Hans y Pete se movían por la orilla, deslizándose con una fina cuerda de Manila de árbol en árbol, mientras Thornton permanecía en la barca, ayudando su descenso con una pértiga y gritando indicaciones a la orilla. Buck, en la orilla, preocupado y ansioso, se mantenía al tanto de la barca, sin apartar los ojos de su amo.

En un punto especialmente problemático, donde un saliente de rocas apenas sumergidas se adentraba en el río, Hans soltó la cuerda y, mientras Thornton sacaba la barca a la corriente, corrió por la orilla con el extremo en la mano para desviar la barca cuando hubiera superado el saliente. Así lo hizo, y se lanzó río abajo en una corriente tan rápida como una rueda de molino, cuando Hans lo frenó con la cuerda pero frenó demasiado bruscamente. La barca volcó y arremetió contra la orilla, mientras Thornton, arrojado fuera de la barca, era arrastrado corriente abajo hacia la peor parte de los rápidos, un tramo de aguas salvajes en las que ningún nadador podría sobrevivir.

Buck se había lanzado al instante; y al cabo de trescientas yardas, en medio de un alocado remolino de agua, superó a Thornton. Cuando sintió que le agarraba por la cola, Buck se dirigió hacia la orilla, nadando con toda su espléndida fuerza. Pero el avance hacia la orilla era lento; el progreso corriente abajo, asombrosamente rápido. Desde abajo llegaba el rugido fatal donde la salvaje corriente se desbocaba y era desgarrada en jirones y salpicaduras por las rocas que se clavaban como los dientes de un enorme peine. La succión del agua al tomar el comienzo de la última pendiente empinada era espantosa, y Thornton supo que la orilla era imposible. Se raspó furiosamente contra una roca, se golpeó contra una segunda y chocó contra una tercera con fuerza aplastante. Se agarró a su resbaladiza cima con ambas manos, soltó a Buck y, por encima

water shouted: "Go, Buck! Go!"

Buck could not hold his own, and swept on down-stream, struggling desperately, but unable to win back. When he heard Thornton's command repeated, he partly reared out of the water, throwing his head high, as though for a last look, then turned obediently toward the bank. He swam powerfully and was dragged ashore by Pete and Hans at the very point where swimming ceased to be possible and destruction began.

They knew that the time a man could cling to a slippery rock in the face of that driving current was a matter of minutes, and they ran as fast as they could up the bank to a point far above where Thornton was hanging on. They attached the line with which they had been snubbing the boat to Buck's neck and shoulders, being careful that it should neither strangle him nor impede his swimming, and launched him into the stream. He struck out boldly, but not straight enough into the stream. He discovered the mistake too late, when Thornton was abreast of him and a bare half-dozen strokes away while he was being carried helplessly past.

Hans promptly snubbed with the rope, as though Buck were a boat. The rope thus tightening on him in the sweep of the current, he was jerked under the surface, and under the surface he remained till his body struck against the bank and he was hauled out. He was half drowned, and Hans and Pete threw themselves upon him, pounding the breath into him and the water out of him. He staggered to his feet and fell down. The faint sound of Thornton's voice came to them, and though they could not make out the words of it, they knew that he was in his extremity. His master's voice acted on Buck like an electric shock. He sprang to his feet and ran up the bank ahead of the men to the point of his previous departure.

Again the rope was attached and he was launched, and again he struck out, but this time straight into the stream. He had miscalculated once, but he would not be guilty of it a second time. Hans paid out the rope, permitting no slack, while Pete kept it clear of coils. Buck held on till he was on a line straight above Thornton; then he turned, and with the speed of an express train headed down upon him. Thornton saw him coming, and, as Buck struck him like a battering

del rugido del agua agitada, gritó: «¡Vamos, Buck! ¡Vamos!».

Buck no pudo resistir y siguió corriente abajo, luchando desesperadamente, pero incapaz de recuperarse. Cuando oyó repetirse la orden de Thornton, se irguió parcialmente fuera del agua, levantando la cabeza, como para echar un último vistazo, y luego se volvió obedientemente hacia la orilla. Nadó con fuerza y fue arrastrado a tierra por Pete y Hans en el mismo punto en el que nadar dejaba de ser posible y comenzaba la destrucción.

Sabían que el tiempo que un hombre podía aferrarse a una roca resbaladiza frente a aquella corriente impetuosa era cuestión de minutos, y corrieron tan rápidamente como pudieron por la orilla hasta un punto muy por encima de donde Thornton estaba aferrado. Ataron la cuerda con la que habían estado remolcando la barca al cuello y los hombros de Buck, teniendo cuidado de que no lo estrangulara ni le impidiera nadar, y lo lanzaron a la corriente. Se lanzó audazmente, pero no lo bastante recto hacia la corriente. Descubrió el error demasiado tarde, cuando Thornton estaba a su altura y a una media docena de brazadas de distancia mientras él era arrastrado indefenso.

Hans maniobró rápidamente la cuerda, como si Buck fuera un barco. La cuerda se tensó así sobre él en el arrastre de la corriente, fue sacudido bajo la superficie, y bajo la superficie permaneció hasta que su cuerpo golpeó contra la orilla y fue sacado. Estaba medio ahogado, y Hans y Pete se lanzaron sobre él, dándole golpes para que recuperara el aliento y sacándole el agua. Se puso en pie tambaleándose y cayó al suelo. El débil sonido de la voz de Thornton llegó hasta ellos y, aunque no pudieron distinguir sus palabras, supieron que estaba en las últimas. La voz de su amo actuó sobre Buck como una descarga eléctrica. Se puso en pie de un salto y corrió por la orilla por delante de los hombres hasta el punto de su anterior partida.

De nuevo la cuerda fue atada y se lanzó, y de nuevo arremetió, pero esta vez directo a la corriente. Había calculado mal una vez, pero no sería culpable de ello una segunda vez. Hans tensó la cuerda, sin permitir que quedara floja, mientras Pete la mantenía libre de bucles. Buck aguantó hasta que estuvo en una línea recta por encima de Thornton; entonces giró, y con la velocidad de un tren expreso se dirigió hacia él. Thornton lo vio venir y, mientras Buck le golpeaba como un ariete, con

ram, with the whole force of the current behind him, he reached up and closed with both arms around the shaggy neck. Hans snubbed the rope around the tree, and Buck and Thornton were jerked under the water. Strangling, suffocating, sometimes one uppermost and sometimes the other, dragging over the jagged bottom, smashing against rocks and snags, they veered in to the bank.

Thornton came to, belly downward and being violently propelled back and forth across a drift log by Hans and Pete. His first glance was for Buck, over whose limp and apparently lifeless body Nig was setting up a howl, while Skeet was licking the wet face and closed eyes. Thornton was himself bruised and battered, and he went carefully over Buck's body, when he had been brought around, finding three broken ribs.

"That settles it," he announced. "We camp right here." And camp they did, till Buck's ribs knitted and he was able to travel.

That winter, at Dawson, Buck performed another exploit, not so heroic, perhaps, but one that put his name many notches higher on the totem-pole of Alaskan fame. This exploit was particularly gratifying to the three men; for they stood in need of the outfit which it furnished, and were enabled to make a long-desired trip into the virgin East, where miners had not yet appeared. It was brought about by a conversation in the Eldorado Saloon, in which men waxed boastful of their favorite dogs. Buck, because of his record, was the target for these men, and Thornton was driven stoutly to defend him. At the end of half an hour one man stated that his dog could start a sled with five hundred pounds and walk off with it; a second bragged six hundred for his dog; and a third, seven hundred.

"Pooh! pooh!" said John Thornton; "Buck can start a thousand pounds."

"And break it out? and walk off with it for a hundred yards?" demanded Matthewson, a Bonanza King, he of the seven hundred vaunt.

"And break it out, and walk off with it for a hundred yards," John Thornton said coolly.

toda la fuerza de la corriente a sus espaldas, alargó la mano y rodeó con ambos brazos el peludo cuello. Hans enrolló la cuerda alrededor del árbol, y Buck y Thornton fueron arrastrados bajo el agua. Estrangulados, sofocados, a veces uno arriba y a veces el otro, arrastrándose sobre el fondo irregular, chocando contra rocas y escollos, viraron hacia la orilla.

Thornton volvió en sí, panza abajo y siendo impulsado violentamente de un lado a otro sobre un tronco a la deriva por Hans y Pete. Su primera mirada fue para Buck, sobre cuyo cuerpo inerte y aparentemente sin vida Nig lanzaba un aullido, mientras Skeet le lamía la cara húmeda y los ojos cerrados. El propio Thornton estaba magullado y maltrecho, y revisó cuidadosamente el cuerpo de Buck, cuando lo hubieron hecho volver en sí, encontrando tres costillas rotas.

«Eso lo resuelve todo», anunció. «Acamparemos aquí mismo». Y acamparon, hasta que a Buck se le curaron las costillas y pudo viajar.

Ese invierno, en Dawson, Buck realizó otra hazaña, no tan heroica, quizá, pero que puso su nombre muchas muescas más arriba en el tótem de la fama de Alaska. Esta hazaña fue especialmente gratificante para los tres hombres, pues necesitaban el equipo que les proporcionó y pudieron hacer un viaje largamente deseado al Este virgen, donde aún no habían aparecido mineros. Fue provocado por una conversación en el Saloon Eldorado, en la que los hombres se jactaban de sus perros favoritos. Buck, por su historial, era el blanco de estos hombres, y Thornton se vio impulsado a defenderlo con firmeza. Al cabo de media hora, un hombre afirmó que su perro podía tirar un trineo con quinientas libras y marcharse con él; un segundo presumió de seiscientas para su perro; y un tercero, de setecientas.

«¡Bah! ¡Bah!», dijo John Thornton; «Buck puede tirar mil libras».

«¿Y arrancarlo del hielo? ¿y caminar con él cien yardas?», preguntó Matthewson, un rey de la mina, el de la fanfarronada de las setecientas.

«Y arrancarlo del hielo y caminar con él cien yardas», dijo John Thornton con frialdad.

"Well," Matthewson said, slowly and deliberately, so that all could hear, "I've got a thousand dollars that says he can't. And there it is." So saying, he slammed a sack of gold dust of the size of a bologna sausage down upon the bar.

Nobody spoke. Thornton's bluff, if bluff it was, had been called. He could feel a flush of warm blood creeping up his face. His tongue had tricked him. He did not know whether Buck could start a thousand pounds. Half a ton! The enormousness of it appalled him. He had great faith in Buck's strength and had often thought him capable of starting such a load; but never, as now, had he faced the possibility of it, the eyes of a dozen men fixed upon him, silent and waiting. Further, he had no thousand dollars; nor had Hans or Pete.

"I've got a sled standing outside now, with twenty fiftypound sacks of flour on it," Matthewson went on with brutal directness; "so don't let that hinder you."

Thornton did not reply. He did not know what to say. He glanced from face to face in the absent way of a man who has lost the power of thought and is seeking somewhere to find the thing that will start it going again. The face of Jim O'Brien, a Mastodon King and old-time comrade, caught his eyes. It was as a cue to him, seeming to rouse him to do what he would never have dreamed of doing.

"Can you lend me a thousand?" he asked, almost in a whisper.

"Sure," answered O'Brien, thumping down a plethoric sack by the side of Matthewson's. "Though it's little faith I'm having, John, that the beast can do the trick."

The Eldorado emptied its occupants into the street to see the test. The tables were deserted, and the dealers and gamekeepers came forth to see the outcome of the wager and to lay odds. Several hundred men, furred and mittened, banked around the sled within easy distance. Matthewson's sled, loaded with a thousand pounds of flour, had been standing for a couple of hours, and in the intense cold (it was sixty below zero) the runners had frozen fast to the hard-packed snow. Men offered odds of two to one that Buck could not budge the

«Bueno», dijo Matthewson, lenta y deliberadamente, para que todos pudieran oírlo, «tengo mil dólares que dicen que no puede. Y aquí están». Dicho esto, dejó caer de golpe sobre la barra un saco de polvo de oro del tamaño de una salchicha de mortadela.

Nadie habló. El bluff de Thornton, si es que era un bluff, había sido descubierto. Podía sentir un rubor de sangre caliente subiendo por su cara. Su lengua le había engañado. No sabía si Buck podría tirar mil libras. ¡Media tonelada! La enormidad de aquello le horrorizaba. Tenía mucha fe en la fuerza de Buck y a menudo le había creído capaz de tirar semejante carga; pero nunca, como ahora, se había enfrentado a la posibilidad de ello, con los ojos de una docena de hombres fijos en él, silenciosos y expectantes. Además, él no tenía mil dólares; ni Hans ni Pete tampoco.

«Tengo un trineo parado fuera ahora, con veinte sacos de harina de cincuenta libras en él», continuó Matthewson con brutal franqueza; «así que no deje que eso se lo impida».

Thornton no respondió. No sabía qué decir. Miró de un rostro a otro con la mirada ausente de un hombre que ha perdido el poder del pensamiento y busca en alguna parte algo que lo ponga en marcha de nuevo. El rostro de Jim O'Brien, otro magnate y viejo camarada, captó su atención. Fue como una señal para él, pareció despertarle para hacer lo que nunca habría soñado hacer.

«¿Puedes prestarme mil?», preguntó, casi en un susurro.

«Claro», respondió O'Brien, dejando caer un grueso saco al lado del de Matthewson. «Aunque tengo poca fe, John, en que la bestia pueda hacer el truco».

El Eldorado vació sus ocupantes a la calle para ver la prueba. Las mesas estaban desiertas y los comerciantes y los guardabosques salieron para ver el resultado de la apuesta y hacer apuestas ellos mismos. Varios cientos de hombres, con pieles y mitones, se agruparon alrededor del trineo a poca distancia. El trineo de Matthewson, cargado con mil libras de harina, llevaba parado un par de horas y, con el intenso frío (hacía sesenta grados bajo cero), los patines se habían congelado rápidamente en la nieve compacta. Los hombres ofrecían probabilidades de dos a

sled. A quibble arose concerning the phrase "break out." O'Brien contended it was Thornton's privilege to knock the runners loose, leaving Buck to "break it out" from a dead standstill. Matthewson insisted that the phrase included breaking the runners from the frozen grip of the snow. A majority of the men who had witnessed the making of the bet decided in his favor, whereat the odds went up to three to one against Buck.

There were no takers. Not a man believed him capable of the feat. Thornton had been hurried into the wager, heavy with doubt; and now that he looked at the sled itself, the concrete fact, with the regular team of ten dogs curled up in the snow before it, the more impossible the task appeared. Matthewson waxed jubilant.

"Three to one!" he proclaimed. "I'll lay you another thousand at that figure, Thornton. What d'ye say?"

Thornton's doubt was strong in his face, but his fighting spirit was aroused—the fighting spirit that soars above odds, fails to recognize the impossible, and is deaf to all save the clamor for battle. He called Hans and Pete to him. Their sacks were slim, and with his own the three partners could rake together only two hundred dollars. In the ebb of their fortunes, this sum was their total capital; yet they laid it unhesitatingly against Matthewson's six hundred.

The team of ten dogs was unhitched, and Buck, with his own harness, was put into the sled. He had caught the contagion of the excitement, and he felt that in some way he must do a great thing for John Thornton. Murmurs of admiration at his splendid appearance went up. He was in perfect condition, without an ounce of superfluous flesh, and the one hundred and fifty pounds that he weighed were so many pounds of grit and virility. His furry coat shone with the sheen of silk. Down the neck and across the shoulders, his mane, in repose as it was, half bristled and seemed to lift with every movement, as though excess of vigor made each particular hair alive and active. The great breast and heavy fore legs were no more than in proportion with the rest of the body, where the muscles showed in tight rolls underneath the skin. Men felt these muscles and proclaimed them hard as iron, and the odds went down to two to one.

uno de que Buck no pudiera mover el trineo. Surgió una disputa sobre la palabra «arrancarlo». O'Brien sostuvo que era privilegio de Thornton despegar los patines del hielo, dejando a Buck «arrancarlo» desde un punto muerto. Matthewson insistió en que la frase incluía despegar los patines del agarre helado de la nieve. La mayoría de los hombres que habían presenciado la realización de la apuesta decidieron a su favor, por lo que las probabilidades subieron a tres a uno contra Buck.

No hubo interesados. Ni un solo hombre le creía capaz de la hazaña. Thornton se había apresurado en la apuesta, cargado de dudas; y ahora que miraba el trineo en sí, el hecho concreto, con el equipo regular de diez perros acurrucados en la nieve ante él, más imposible parecía la tarea. Matthewson se llenó de júbilo.

«¡Tres a uno!», proclamó. «Le apuesto otros mil de esa forma, Thornton. ¿Qué dice?».

La duda de Thornton se mostraba fuerte en su rostro, pero su espíritu de lucha se había despertado... el espíritu de lucha que se eleva por encima de las probabilidades, no reconoce lo imposible y es sordo a todo salvo al clamor de la batalla. Llamó a Hans y a Pete hacia él. Sus sacos eran escasos, y con el suyo los tres socios sólo podían reunir doscientos dólares. En la decadencia de sus fortunas, esta suma era su capital total; sin embargo, la pusieron sin vacilar contra los seiscientos de Matthewson.

El equipo de diez perros fue desenganchado y Buck, con su propio arnés, fue puesto en el trineo. Se había contagiado de la excitación y sentía que, de alguna manera, debía hacer algo grande por John Thornton. Se oyeron murmullos de admiración ante su espléndido aspecto. Estaba en perfectas condiciones, sin una onza de carne superflua, y las ciento cincuenta libras que pesaba eran otras tantas libras de agallas y virilidad. Su pelaje brillaba con el fulgor de la seda. Por el cuello y a través de los hombros, su melena, en reposo como estaba, se erizaba a medias y parecía levantarse con cada movimiento, como si el exceso de vigor hiciera que cada pelo en particular estuviera vivo y activo. El gran pecho y las pesadas patas delanteras no guardaban mayor proporción con el resto del cuerpo, donde los músculos se mostraban en apretados rollos bajo la piel. Los hombres palparon estos músculos y los proclamaron duros como el hierro, y las probabilidades bajaron a dos a uno.

"Gad, sir! Gad, sir!" stuttered a member of the latest dynasty, a king of the Skookum Benches. "I offer you eight hundred for him, sir, before the test, sir; eight hundred just as he stands."

Thornton shook his head and stepped to Buck's side.

"You must stand off from him," Matthewson protested. "Free play and plenty of room."

The crowd fell silent; only could be heard the voices of the gamblers vainly offering two to one. Everybody acknowledged Buck a magnificent animal, but twenty fifty-pound sacks of flour bulked too large in their eyes for them to loosen their pouch-strings.

Thornton knelt down by Buck's side. He took his head in his two hands and rested cheek on cheek. He did not playfully shake him, as was his wont, or murmur soft love curses; but he whispered in his ear. "As you love me, Buck. As you love me," was what he whispered. Buck whined with suppressed eagerness.

The crowd was watching curiously. The affair was growing mysterious. It seemed like a conjuration. As Thornton got to his feet, Buck seized his mittened hand between his jaws, pressing in with his teeth and releasing slowly, half-reluctantly. It was the answer, in terms, not of speech, but of love. Thornton stepped well back.

"Now, Buck," he said.

Buck tightened the traces, then slacked them for a matter of several inches. It was the way he had learned.

"Gee!" Thornton's voice rang out, sharp in the tense silence.

Buck swung to the right, ending the movement in a plunge that took up the slack and with a sudden jerk arrested his one hundred and fifty pounds. The load quivered, and from under the runners arose a crisp crackling.

"Haw!" Thornton commanded.

«¡Caramba, señor! ¡Caramba, señor!», tartamudeó un miembro de la última dinastía, un rey de los Skookum Benches. «Le ofrezco ochocientos por él, señor, antes de la prueba, señor; ochocientos tal como está».

Thornton sacudió la cabeza y se puso al lado de Buck.

«Debe apartarse de él», protestó Matthewson. «Juego libre y mucho espacio».

La multitud enmudeció; sólo se oían las voces de los apostadores que ofrecían en vano dos a uno. Todo el mundo reconocía que Buck era un animal magnífico, pero veinte sacos de harina de cincuenta libras abultaban demasiado a sus ojos como para que aflojasen las ataduras de sus bolsas.

Thornton se arrodilló al lado de Buck. Le cogió la cabeza con las dos manos y la apoyó mejilla contra mejilla. No lo sacudió juguetonamente, como era su costumbre, ni murmuró suaves maldiciones de amor; pero le susurró al oído. «Así como me amas, Buck. Así como me amas», fue lo que susurró. Buck gimió con ansia reprimida.

La multitud observaba con curiosidad. El asunto se estaba volviendo misterioso. Parecía un conjuro. Cuando Thornton se puso en pie, Buck agarró su mano en mitones entre las mandíbulas, apretando con los dientes y soltando lentamente, medio a regañadientes. Era la respuesta, en términos, no de palabra, sino de amor. Thornton dio un paso atrás.

«Ahora, Buck», dijo.

Buck tensó las riendas y luego las aflojó unas cuantas pulgadas. Así había aprendido a hacerlo.

«¡Arre!», la voz de Thornton sonó, aguda en el tenso silencio.

Buck giró hacia la derecha, terminando el movimiento en una embestida que recogió la holgura y con un brusco tirón detuvo sus ciento cincuenta libras. La carga se estremeció y de debajo de los patines se escuchó un crujido.

«¡Hale!», ordenó Thornton.

Buck duplicated the manœuvre, this time to the left. The crackling turned into a snapping, the sled pivoting and the runners slipping and grating several inches to the side. The sled was broken out. Men were holding their breaths, intensely unconscious of the fact.

"Now, MUSH!"

Thornton's command cracked out like a pistol-shot. Buck threw himself forward, tightening the traces with a jarring lunge. His whole body was gathered compactly together in the tremendous effort, the muscles writhing and knotting like live things under the silky fur. His great chest was low to the ground, his head forward and down, while his feet were flying like mad, the claws scarring the hard-packed snow in parallel grooves. The sled swayed and trembled, half-started forward. One of his feet slipped, and one man groaned aloud. Then the sled lurched ahead in what appeared a rapid succession of jerks, though it never really came to a dead stop again…half an inch…an inch… two inches… The jerks perceptibly diminished; as the sled gained momentum, he caught them up, till it was moving steadily along.

Men gasped and began to breathe again, unaware that for a moment they had ceased to breathe. Thornton was running behind, encouraging Buck with short, cheery words. The distance had been measured off, and as he neared the pile of firewood which marked the end of the hundred yards, a cheer began to grow and grow, which burst into a roar as he passed the firewood and halted at command. Every man was tearing himself loose, even Matthewson. Hats and mittens were flying in the air. Men were shaking hands, it did not matter with whom, and bubbling over in a general incoherent babel.

But Thornton fell on his knees beside Buck. Head was against head, and he was shaking him back and forth. Those who hurried up heard him cursing Buck, and he cursed him long and fervently, and softly and lovingly.

"Gad, sir! Gad, sir!" spluttered the Skookum Bench king. "I'll give you a thousand for him, sir, a thousand, sir—twelve hundred, sir."

Buck duplicó la maniobra, esta vez hacia la izquierda. El crujido se convirtió en un chasquido, el trineo pivotó y los patines resbalaron y chirriaron varias pulgadas hacia un lado. El trineo se desprendió. Los hombres contenían la respiración, intensamente inconscientes del hecho.

«¡Ahora, ARRE!».

La orden de Thornton sonó como un disparo de pistola. Buck se lanzó hacia delante, tensando las riendas con una sacudida. Todo su cuerpo se juntó de forma compacta en el tremendo esfuerzo, los músculos retorciéndose y anudándose como cosas vivas bajo el sedoso pelaje. Su gran pecho estaba pegado al suelo, su cabeza hacia delante y hacia abajo, mientras sus pies volaban como locos, las garras marcando la nieve dura en surcos paralelos. El trineo se balanceó y tembló, medio arrancado hacia delante. Uno de sus pies resbaló y un hombre gimió en voz alta. Entonces el trineo se tambaleó hacia delante en lo que pareció una rápida sucesión de sacudidas, aunque en realidad nunca volvió a detenerse en seco... media pulgada... una pulgada... dos pulgadas... Las sacudidas disminuyeron perceptiblemente; a medida que el trineo cobraba impulso, él las iba cogiendo, hasta que avanzó con paso firme.

Los hombres jadeaban y empezaban a respirar de nuevo, sin darse cuenta de que por un momento habían dejado de respirar. Thornton corría detrás, animando a Buck con palabras cortas y alegres. Se había medido la distancia y, a medida que se acercaba a la pila de leña que marcaba el final de las cien yardas, empezó a crecer y crecer una ovación que estalló en un rugido cuando pasó junto a la leña y se detuvo a la orden. Todos los hombres se desgañitaban, incluso Matthewson. Sombreros y mitones volaban por los aires. Los hombres se daban la mano, no importaba con quién, y bullían en una babel general incoherente.

Pero Thornton cayó de rodillas junto a Buck. Cabeza contra cabeza, y lo sacudía de un lado a otro. Los que se apresuraban a subir le oyeron maldecir a Buck, y le maldijo larga y fervientemente, y con suavidad y cariño.

«¡Caramba, señor! ¡Caramba, señor!», balbuceó el rey de Skookum Bench. «Le daré mil por él, señor, mil, señor, mil doscientos, señor».

Thornton rose to his feet. His eyes were wet. The tears were streaming frankly down his cheeks. "Sir," he said to the Skookum Bench king, "no, sir. You can go to hell, sir. It's the best I can do for you, sir."

Buck seized Thornton's hand in his teeth. Thornton shook him back and forth. As though animated by a common impulse, the onlookers drew back to a respectful distance; nor were they again indiscreet enough to interrupt.

Thornton se puso en pie. Tenía los ojos húmedos. Las lágrimas corrían francas por sus mejillas. «Señor», le dijo al rey de Skookum Bench, «no, señor. Puede irse al infierno, señor. Es lo mejor que puedo hacer por usted, señor».

Buck agarró la mano de Thornton entre los dientes. Thornton lo sacudió de un lado a otro. Como animados por un impulso común, los espectadores se retiraron a una distancia respetuosa; ni siquiera volvieron a ser lo bastante indiscretos como para interrumpir.

CHAPTER VII — THE SOUNDING OF THE CALL

When Buck earned sixteen hundred dollars in five minutes for John Thornton, he made it possible for his master to pay off certain debts and to journey with his partners into the East after a fabled lost mine, the history of which was as old as the history of the country. Many men had sought it; few had found it; and more than a few there were who had never returned from the quest. This lost mine was steeped in tragedy and shrouded in mystery. No one knew of the first man. The oldest tradition stopped before it got back to him. From the beginning there had been an ancient and ramshackle cabin. Dying men had sworn to it, and to the mine the site of which it marked, clinching their testimony with nuggets that were unlike any known grade of gold in the Northland.

But no living man had looted this treasure house, and the dead were dead; wherefore John Thornton and Pete and Hans, with Buck and half a dozen other dogs, faced into the East on an unknown trail to achieve where men and dogs as good as themselves had failed. They sledded seventy miles up the Yukon, swung to the left into the Stewart River, passed the Mayo and the McQuestion, and held on until the Stewart itself became a streamlet, threading the upstanding peaks which marked the backbone of the continent.

John Thornton asked little of man or nature. He was unafraid of the wild. With a handful of salt and a rifle he could plunge into the wilderness and fare wherever he pleased and as long as he pleased. Being in no haste, Indian fashion, he hunted his dinner in the course of the day's travel; and if he failed to find it, like the Indian, he kept on travelling, secure in the knowledge that sooner or later he would come to it. So, on this great journey into the East, straight meat was the bill of fare, ammunition and tools principally made up the load on the sled, and the time-card was drawn upon the limitless future.

To Buck it was boundless delight, this hunting, fishing, and indefinite wandering through strange places. For weeks at a time they would hold on steadily, day after day; and for weeks upon end they would camp, here and there, the dogs loafing and the men burning holes through frozen muck and gravel and washing countless pans of

Cuando Buck ganó mil seiscientos dólares en cinco minutos para John Thornton, hizo posible que su amo pagara ciertas deudas y viajara con sus socios al Este en busca de una legendaria mina perdida, cuya historia era tan antigua como la del país. Muchos hombres la habían buscado; pocos la habían encontrado; y no eran pocos los que nunca habían regresado de la búsqueda. Esta mina perdida estaba impregnada de tragedia y envuelta en misterio. Nadie sabía nada del primer hombre. La tradición más antigua se detuvo antes de llegar hasta él. Desde el principio había existido una cabaña antigua y desvencijada. Hombres moribundos habían jurado por ella y por la mina cuyo emplazamiento marcaba, avalando su testimonio con pepitas que no se parecían a ninguna variedad de oro conocida en las Tierras del Norte.

Pero ningún hombre vivo había saqueado esta casa del tesoro, y los muertos estaban muertos; por lo que John Thornton y Pete y Hans, con Buck y media docena de perros más, se adentraron en el Este por un rastro desconocido para lograr aquello en lo que hombres y perros tan buenos como ellos habían fracasado. Remontaron en trineo setenta millas por el Yukón, giraron a la izquierda hacia el río Stewart, pasaron el Mayo y el McQuestion, y resistieron hasta que el propio Stewart se convirtió en un riachuelo, enhebrando los picos erguidos que marcaban la espina dorsal del continente.

John Thornton pedía poco al hombre o a la naturaleza. No temía a lo salvaje. Con un puñado de sal y un rifle podía sumergirse en la naturaleza salvaje y buscarse la vida donde quisiera y el tiempo que quisiera. Sin prisas, a la manera india, cazaba su cena en el transcurso del viaje del día; y si no la encontraba, como el indio, seguía viajando, seguro de que tarde o temprano daría con ella. Así, en este gran viaje hacia el Este, la carne directa era el precio a pagar, la munición y las herramientas constituían principalmente la carga del trineo, y la carta del tiempo se dibujaba sobre el futuro ilimitado.

Para Buck era un deleite sin límites, esta caza, pesca y vagabundeo indefinido por lugares extraños. Durante semanas seguían sin parar, día tras día; y durante semanas enteras acampaban, aquí y allá, los perros holgazaneando y los hombres abriendo agujeros en el lodo helado y la grava y lavando innumerables cacerolas de tierra al calor del fuego.

dirt by the heat of the fire. Sometimes they went hungry, sometimes they feasted riotously, all according to the abundance of game and the fortune of hunting. Summer arrived, and dogs and men packed on their backs, rafted across blue mountain lakes, and descended or ascended unknown rivers in slender boats whipsawed from the standing forest.

The months came and went, and back and forth they twisted through the uncharted vastness, where no men were and yet where men had been if the Lost Cabin were true. They went across divides in summer blizzards, shivered under the midnight sun on naked mountains between the timber line and the eternal snows, dropped into summer valleys amid swarming gnats and flies, and in the shadows of glaciers picked strawberries and flowers as ripe and fair as any the Southland could boast. In the fall of the year they penetrated a weird lake country, sad and silent, where wildfowl had been, but where then there was no life nor sign of life—only the blowing of chill winds, the forming of ice in sheltered places, and the melancholy rippling of waves on lonely beaches.

And through another winter they wandered on the obliterated trails of men who had gone before. Once, they came upon a path blazed through the forest, an ancient path, and the Lost Cabin seemed very near. But the path began nowhere and ended nowhere, and it remained mystery, as the man who made it and the reason he made it remained mystery. Another time they chanced upon the time-graven wreckage of a hunting lodge, and amid the shreds of rotted blankets John Thornton found a long-barrelled flint-lock. He knew it for a Hudson Bay Company gun of the young days in the Northwest, when such a gun was worth its height in beaver skins packed flat. And that was all—no hint as to the man who in an early day had reared the lodge and left the gun among the blankets.

Spring came on once more, and at the end of all their wandering they found, not the Lost Cabin, but a shallow placer in a broad valley where the gold showed like yellow butter across the bottom of the washing-pan. They sought no farther. Each day they worked earned them thousands of dollars in clean dust and nuggets, and they worked

A veces pasaban hambre, a veces se daban banquetes desenfrenados, todo según la abundancia de caza y la fortuna de los cazadores. Llegó el verano, y perros y hombres cargados a la espalda cruzaron en balsa lagos azules de montaña y descendieron o ascendieron ríos desconocidos en esbeltas embarcaciones zarandeadas desde el bosque inmóvil.

Los meses iban y venían, y de un lado a otro serpenteaban por la inmensidad inexplorada, donde no había hombres y, sin embargo, donde los hombres habían estado si la Cabaña Perdida era cierta. Atravesaron divisiones en ventiscas estivales, tiritaron bajo el sol de medianoche en montañas desnudas entre la línea de la madera y las nieves eternas, se dejaron caer en valles estivales entre mosquitos y moscas pululantes, y a la sombra de los glaciares recogieron fresas y flores tan maduras y hermosas como cualquiera de las que podía presumir la Tierra del Sur. En el otoño del año penetraron en un extraño país lacustre, triste y silencioso, donde había habido aves silvestres, pero donde entonces no había vida ni señales de vida... sólo el soplar de vientos helados, la formación de hielo en lugares resguardados y el melancólico ondular de las olas en playas solitarias.

Y durante otro invierno vagaron por las pistas borradas de los hombres que habían ido antes. Una vez, se toparon con un sendero trazado a través del bosque, un sendero antiguo, y la Cabaña Perdida parecía estar muy cerca. Pero el sendero no empezaba en ninguna parte ni terminaba en ninguna parte, y seguía siendo un misterio, como seguía siendo un misterio el hombre que lo hizo y la razón por la que lo hizo. En otra ocasión se toparon por casualidad con los restos de un pabellón de caza, y entre los jirones de mantas podridas John Thornton encontró una escopeta de cañón largo de pedernal. Sabía que era un arma de la Hudson Bay Company de los primeros tiempos en el Noroeste, cuando un arma así valía lo que valía en pieles de castor empaquetadas de forma plana. Y eso era todo... no había pista sobre el hombre que en un primer momento había levantado la cabaña y dejado el arma entre las mantas.

La primavera llegó una vez más, y al final de todo su vagabundeo encontraron, no la Cabaña Perdida, sino un aluvión poco profundo en un amplio valle donde el oro se mostraba como mantequilla amarilla en el fondo de la batea. No buscaron más. Cada día que trabajaban les hacía ganar miles de dólares en polvo limpio y pepitas, y trabajaban todos los

every day. The gold was sacked in moose-hide bags, fifty pounds to the bag, and piled like so much firewood outside the spruce-bough lodge. Like giants they toiled, days flashing on the heels of days like dreams as they heaped the treasure up.

There was nothing for the dogs to do, save the hauling in of meat now and again that Thornton killed, and Buck spent long hours musing by the fire. The vision of the short-legged hairy man came to him more frequently, now that there was little work to be done; and often, blinking by the fire, Buck wandered with him in that other world which he remembered.

The salient thing of this other world seemed fear. When he watched the hairy man sleeping by the fire, head between his knees and hands clasped above, Buck saw that he slept restlessly, with many starts and awakenings, at which times he would peer fearfully into the darkness and fling more wood upon the fire. Did they walk by the beach of a sea, where the hairy man gathered shellfish and ate them as he gathered, it was with eyes that roved everywhere for hidden danger and with legs prepared to run like the wind at its first appearance. Through the forest they crept noiselessly, Buck at the hairy man's heels; and they were alert and vigilant, the pair of them, ears twitching and moving and nostrils quivering, for the man heard and smelled as keenly as Buck. The hairy man could spring up into the trees and travel ahead as fast as on the ground, swinging by the arms from limb to limb, sometimes a dozen feet apart, letting go and catching, never falling, never missing his grip. In fact, he seemed as much at home among the trees as on the ground; and Buck had memories of nights of vigil spent beneath trees wherein the hairy man roosted, holding on tightly as he slept.

And closely akin to the visions of the hairy man was the call still sounding in the depths of the forest. It filled him with a great unrest and strange desires. It caused him to feel a vague, sweet gladness, and he was aware of wild yearnings and stirrings for he knew not what. Sometimes he pursued the call into the forest, looking for it as though it were a tangible thing, barking softly or defiantly, as the mood might dictate. He would thrust his nose into the cool wood

días. El oro lo metieron en sacos de piel de alce, a razón de cincuenta libras por saco, y lo apilaron como si fuera leña en el exterior de la cabaña de madera de abeto. Como gigantes se afanaron, días tras días como si fueran sueños mientras amontonaban el tesoro.

Los perros no tenían nada que hacer, salvo acarrear de vez en cuando la carne que mataba Thornton, y Buck pasaba largas horas meditando junto al fuego. La visión del hombre peludo de piernas cortas acudía a él con más frecuencia, ahora que había poco trabajo que hacer; y a menudo, parpadeando junto al fuego, Buck vagaba con él por aquel otro mundo que recordaba.

Lo más destacado de este otro mundo parecía ser el miedo. Cuando observó al hombre peludo que dormía junto al fuego, con la cabeza entre las rodillas y las manos entrelazadas por encima, Buck vio que dormía inquieto, con muchos sobresaltos y desvelos, momentos en los que se asomaba temeroso a la oscuridad y echaba más leña al fuego. Si paseaban por la playa de un mar, donde el hombre peludo recogía mariscos y se los comía mientras los recolectaba, era con los ojos que recorrían todas partes en busca de peligros ocultos y con las piernas preparadas para correr como el viento a su primera aparición. A través del bosque se arrastraban sin hacer ruido, Buck pisándole los talones al hombre peludo; y estaban alerta y vigilantes, los dos, con las orejas agitadas y en movimiento y las fosas nasales temblorosas, pues el hombre oía y olía tan agudamente como Buck. El hombre peludo podía saltar a los árboles y avanzar tan rápidamente como si fuera por el suelo, balanceándose por los brazos de rama en rama, a veces a una docena de pies de distancia, soltándose y agarrándose, sin caerse nunca, sin perder nunca el agarre. De hecho, parecía tan a gusto entre los árboles como en el suelo; y Buck tenía recuerdos de noches de vigilia pasadas bajo los árboles en los que el hombre peludo se posaba, agarrándose con fuerza mientras dormía.

Y muy parecida a las visiones del hombre peludo era la llamada que aún sonaba en las profundidades del bosque. Le llenó de una gran inquietud y de extraños deseos. Le hacía sentir una alegría vaga y dulce, y era consciente de anhelos y agitaciones salvajes por no sabía qué. A veces perseguía la llamada por el bosque, buscándola como si fuera algo tangible, ladrando suave o desafiantemente, según le dictara el estado de ánimo. Hundía la nariz en el fresco musgo del bosque, o en el sue-

moss, or into the black soil where long grasses grew, and snort with joy at the fat earth smells; or he would crouch for hours, as if in concealment, behind fungus-covered trunks of fallen trees, wide-eyed and wide-eared to all that moved and sounded about him. It might be, lying thus, that he hoped to surprise this call he could not understand. But he did not know why he did these various things. He was impelled to do them, and did not reason about them at all.

Irresistible impulses seized him. He would be lying in camp, dozing lazily in the heat of the day, when suddenly his head would lift and his ears cock up, intent and listening, and he would spring to his feet and dash away, and on and on, for hours, through the forest aisles and across the open spaces where the niggerheads bunched. He loved to run down dry watercourses, and to creep and spy upon the bird life in the woods. For a day at a time he would lie in the underbrush where he could watch the partridges drumming and strutting up and down. But especially he loved to run in the dim twilight of the summer midnights, listening to the subdued and sleepy murmurs of the forest, reading signs and sounds as man may read a book, and seeking for the mysterious something that called—called, waking or sleeping, at all times, for him to come.

One night he sprang from sleep with a start, eager-eyed, nostrils quivering and scenting, his mane bristling in recurrent waves. From the forest came the call (or one note of it, for the call was many noted), distinct and definite as never before,—a long-drawn howl, like, yet unlike, any noise made by husky dog. And he knew it, in the old familiar way, as a sound heard before. He sprang through the sleeping camp and in swift silence dashed through the woods. As he drew closer to the cry he went more slowly, with caution in every movement, till he came to an open place among the trees, and looking out saw, erect on haunches, with nose pointed to the sky, a long, lean, timber wolf.

He had made no noise, yet it ceased from its howling and tried to sense his presence. Buck stalked into the open, half crouching, body gathered compactly together, tail straight and stiff, feet falling with unwonted care. Every movement advertised commingled threatening and overture of friendliness. It was the menacing truce that

lo negro donde crecían largas hierbas, y resoplaba de alegría ante los olores a tierra gorda; o se agazapaba durante horas, como si estuviera oculto, detrás de troncos de árboles caídos cubiertos de hongos, con los ojos muy abiertos y el oído muy atento a todo lo que se movía y sonaba a su alrededor. Podía ser, tumbado así, que esperara sorprender esta llamada que no podía entender. Pero no sabía por qué hacía estas cosas. Se sentía impelido a hacerlas y no razonaba sobre ellas en absoluto.

Se apoderaban de él impulsos irresistibles. Estaba tumbado en el campamento, dormitando perezosamente en el calor del día, cuando de repente levantaba la cabeza y aguzaba las orejas, atento y a la escucha, y se ponía en pie de un salto y salía corriendo, y así durante horas, por los pasadizos del bosque y por los espacios abiertos donde se amontonaban los negros. Le encantaba correr por los cursos de agua secos y arrastrarse y espiar a los pájaros del bosque. Se pasaba el día tumbado en la maleza, donde podía observar a las perdices tamborilear y pavonearse arriba y abajo. Pero sobre todo le encantaba correr en la penumbra de los mediodías de verano, escuchando los murmullos tenues y somnolientos del bosque, leyendo señales y sonidos como el hombre puede leer un libro, y buscando ese algo misterioso que le llamaba... le llamaba, despierto o dormido, a todas horas, para que viniera.

Una noche se despertó sobresaltado, con los ojos ansiosos, las fosas nasales temblorosas y olfateando, su melena erizándose en ondas recurrentes. Desde el bosque le llegó la llamada (o una nota de ella, pues la llamada estaba compuesta por muchas notas), distinta y definida como nunca antes... un aullido prolongado, parecido, aunque distinto, a cualquier ruido hecho por un husky. Y él lo conocía, de la vieja manera familiar, como un sonido oído antes. Saltó a través del campamento dormido y en veloz silencio se lanzó a través del bosque. A medida que se acercaba al grito avanzaba más despacio, con cautela en cada movimiento, hasta que llegó a un lugar abierto entre los árboles, y asomándose vio, erguido sobre las ancas, con el hocico apuntando al cielo, a un lobo maderero, largo y delgado.

No había hecho ningún ruido, pero éste cesó en sus aullidos y trató de percibir su presencia. Buck acechó al descubierto, medio agazapado, con el cuerpo recogido de forma compacta, la cola recta y rígida, los pies cayendo con un cuidado inusitado. Cada movimiento que anunciaba mezclaba amenaza y gesto de amabilidad. Era la tregua amenazadora

marks the meeting of wild beasts that prey. But the wolf fled at sight of him. He followed, with wild leapings, in a frenzy to overtake. He ran him into a blind channel, in the bed of the creek where a timber jam barred the way. The wolf whirled about, pivoting on his hind legs after the fashion of Joe and of all cornered husky dogs, snarling and bristling, clipping his teeth together in a continuous and rapid succession of snaps.

Buck did not attack, but circled him about and hedged him in with friendly advances. The wolf was suspicious and afraid; for Buck made three of him in weight, while his head barely reached Buck's shoulder. Watching his chance, he darted away, and the chase was resumed. Time and again he was cornered, and the thing repeated, though he was in poor condition, or Buck could not so easily have overtaken him. He would run till Buck's head was even with his flank, when he would whirl around at bay, only to dash away again at the first opportunity.

But in the end Buck's pertinacity was rewarded; for the wolf, finding that no harm was intended, finally sniffed noses with him. Then they became friendly, and played about in the nervous, half-coy way with which fierce beasts belie their fierceness. After some time of this the wolf started off at an easy lope in a manner that plainly showed he was going somewhere. He made it clear to Buck that he was to come, and they ran side by side through the sombre twilight, straight up the creek bed, into the gorge from which it issued, and across the bleak divide where it took its rise.

On the opposite slope of the watershed they came down into a level country where were great stretches of forest and many streams, and through these great stretches they ran steadily, hour after hour, the sun rising higher and the day growing warmer. Buck was wildly glad. He knew he was at last answering the call, running by the side of his wood brother toward the place from where the call surely came. Old memories were coming upon him fast, and he was stirring to them as of old he stirred to the realities of which they were the shadows. He had done this thing before, somewhere in that other and dimly remembered world, and he was doing it again, now, running free in the open, the unpacked earth underfoot, the wide sky overhead.

que marca el encuentro de bestias salvajes que depredan. Pero el lobo huyó al verlo. Le siguió, con saltos salvajes, en un frenesí por adelantarle. Lo corrió hacia un canal sin salida, en el lecho del arroyo, donde un atasco de madera le cerraba el paso. El lobo giró sobre sí mismo, pivotando sobre sus patas traseras a la manera de Joe y de todos los perros husky acorralados, gruñendo y erizándose, entrechocando los dientes en una continua y rápida sucesión de chasquidos.

Buck no atacó, sino que lo rodeó y lo cercó con amistosos avances. El lobo sospechaba y tenía miedo, pues Buck tenía tres veces su peso, mientras que su cabeza apenas llegaba al hombro de Buck. Viendo su oportunidad, se escabulló y se reanudó la persecución. Una y otra vez fue acorralado, y la cosa se repitió, aunque estaba en malas condiciones, o Buck no podría haberlo alcanzado tan fácilmente. Corría hasta que la cabeza de Buck estaba a la altura de su flanco, momento en el que se arremolinaba a la defensiva, para huir de nuevo a la primera oportunidad.

Pero al final la pertinacia de Buck se vio recompensada; pues el lobo, al comprobar que no pretendía hacerle daño, acabó por olisquearse las narices con él. Entonces se volvieron amistosos y juguetearon de la forma nerviosa y medio tímida con la que las fieras desmienten su fiereza. Después de algún tiempo de esto, el lobo se puso en marcha a un trote fácil de una manera que mostraba claramente que iba a alguna parte. Dejó claro a Buck que tenía que venir, y corrieron uno al lado del otro a través del sombrío crepúsculo, en línea recta por el lecho del arroyo, hacia el desfiladero del que surgía, y a través de la sombría divisoria donde éste nacía.

En la vertiente opuesta de la cuenca descendieron a un territorio llano donde había grandes extensiones de bosque y muchos arroyos, y a través de estas grandes extensiones corrieron sin parar, hora tras hora, mientras el sol subía cada vez más y el día se hacía cada vez más cálido. Buck estaba salvajemente contento. Sabía que por fin estaba respondiendo a la llamada, corriendo al lado de su hermano del bosque hacia el lugar de donde seguramente procedía la llamada. Viejos recuerdos acudían a él rápidamente, y se agitaba ante ellos como antaño se agitaba ante las realidades de las que eran las sombras. Había hecho esto antes, en algún lugar de ese otro mundo tenuemente recordado, y lo estaba haciendo de nuevo, ahora, corriendo libre por el descampado, la tierra

They stopped by a running stream to drink, and, stopping, Buck remembered John Thornton. He sat down. The wolf started on toward the place from where the call surely came, then returned to him, sniffing noses and making actions as though to encourage him. But Buck turned about and started slowly on the back track. For the better part of an hour the wild brother ran by his side, whining softly. Then he sat down, pointed his nose upward, and howled. It was a mournful howl, and as Buck held steadily on his way he heard it grow faint and fainter until it was lost in the distance.

John Thornton was eating dinner when Buck dashed into camp and sprang upon him in a frenzy of affection, overturning him, scrambling upon him, licking his face, biting his hand—"playing the general tom-fool," as John Thornton characterized it, the while he shook Buck back and forth and cursed him lovingly.

For two days and nights Buck never left camp, never let Thornton out of his sight. He followed him about at his work, watched him while he ate, saw him into his blankets at night and out of them in the morning. But after two days the call in the forest began to sound more imperiously than ever. Buck's restlessness came back on him, and he was haunted by recollections of the wild brother, and of the smiling land beyond the divide and the run side by side through the wide forest stretches. Once again he took to wandering in the woods, but the wild brother came no more; and though he listened through long vigils, the mournful howl was never raised.

He began to sleep out at night, staying away from camp for days at a time; and once he crossed the divide at the head of the creek and went down into the land of timber and streams. There he wandered for a week, seeking vainly for fresh sign of the wild brother, killing his meat as he travelled and travelling with the long, easy lope that seems never to tire. He fished for salmon in a broad stream that emptied somewhere into the sea, and by this stream he killed a large black bear, blinded by the mosquitoes while likewise fishing, and raging through the forest helpless and terrible. Even so, it was a hard fight, and it aroused the last latent remnants of Buck's ferocity. And

descarnada bajo sus pies, el amplio cielo sobre su cabeza.

Se detuvieron junto a un arroyo para beber y, al detenerse, Buck se acordó de John Thornton. Se sentó. El lobo se puso en marcha hacia el lugar de donde seguramente procedía la llamada, luego volvió hacia él, olfateando y haciendo acciones como para animarle. Pero Buck dio media vuelta y emprendió lentamente el camino de vuelta. Durante casi una hora el hermano salvaje corrió a su lado, gimoteando suavemente. Luego se sentó, apuntó con la nariz hacia arriba y aulló. Era un aullido lúgubre, y mientras Buck seguía con paso firme su camino lo oyó hacerse cada vez más tenue hasta perderse en la distancia.

John Thornton estaba cenando cuando Buck entró corriendo en el campamento y se abalanzó sobre él en un frenesí de afecto, volcándolo, revolviéndose sobre él, lamiéndole la cara, mordiéndole la mano... «haciendo el tonto para todos», como lo caracterizó John Thornton, mientras sacudía a Buck de un lado a otro y lo maldecía cariñosamente.

Durante dos días y dos noches Buck nunca abandonó el campamento, nunca perdió de vista a Thornton. Le siguió en su trabajo, le observó mientras comía, le vio meterse en sus mantas por la noche y salir de ellas por la mañana. Pero al cabo de dos días la llamada del bosque empezó a sonar más imperiosamente que nunca. La inquietud de Buck volvió a apoderarse de él, y le atormentaban los recuerdos del hermano salvaje, y de la tierra sonriente más allá de la divisoria y la carrera codo a codo a través de las amplias extensiones de bosque. Una vez más se dedicó a vagar por los bosques, pero el hermano salvaje no volvió más; y aunque escuchó durante largas vigilias, el aullido lastimero nunca se elevó.

Empezó a dormir fuera por la noche, alejándose del campamento durante días enteros; y una vez cruzó la divisoria en la cabecera del arroyo y bajó a la tierra de los bosques y los arroyos. Allí vagó durante una semana, buscando en vano nuevas señales del hermano salvaje, matando su carne mientras viajaba y viajando con el paso largo y fácil que parece no cansarse nunca. Pescó salmones en un ancho arroyo que desembocaba en algún lugar del mar, y junto a este arroyo mató a un gran oso negro, cegado por los mosquitos mientras también pescaba, y que arrasaba el bosque indefenso y terrible. Aun así, fue una dura pelea y despertó los últimos restos latentes de la ferocidad de Buck. Y dos días

two days later, when he returned to his kill and found a dozen wol-verenes quarrelling over the spoil, he scattered them like chaff; and those that fled left two behind who would quarrel no more.

The blood-longing became stronger than ever before. He was a kill-er, a thing that preyed, living on the things that lived, unaided, alone, by virtue of his own strength and prowess, surviving triumphantly in a hostile environment where only the strong survived. Because of all this he became possessed of a great pride in himself, which com-municated itself like a contagion to his physical being. It advertised itself in all his movements, was apparent in the play of every muscle, spoke plainly as speech in the way he carried himself, and made his glorious furry coat if anything more glorious. But for the stray brown on his muzzle and above his eyes, and for the splash of white hair that ran midmost down his chest, he might well have been mistaken for a gigantic wolf, larger than the largest of the breed. From his St. Ber-nard father he had inherited size and weight, but it was his shepherd mother who had given shape to that size and weight. His muzzle was the long wolf muzzle, save that it was larger than the muzzle of any wolf; and his head, somewhat broader, was the wolf head on a mas-sive scale.

His cunning was wolf cunning, and wild cunning; his intelligence, shepherd intelligence and St. Bernard intelligence; and all this, plus an experience gained in the fiercest of schools, made him as formi-dable a creature as any that roamed the wild. A carnivorous animal living on a straight meat diet, he was in full flower, at the high tide of his life, overspilling with vigor and virility. When Thornton passed a caressing hand along his back, a snapping and crackling followed the hand, each hair discharging its pent magnetism at the contact. Every part, brain and body, nerve tissue and fibre, was keyed to the most exquisite pitch; and between all the parts there was a perfect equilib-rium or adjustment. To sights and sounds and events which required action, he responded with lightning-like rapidity. Quickly as a husky dog could leap to defend from attack or to attack, he could leap twice as quickly. He saw the movement, or heard sound, and responded in less time than another dog required to compass the mere seeing or hearing. He perceived and determined and responded in the same instant. In point of fact the three actions of perceiving, determin-ing, and responding were sequential; but so infinitesimal were the

más tarde, cuando regresó a su presa y encontró a una docena de carayús peleándose por el botín, los dispersó como paja; y los que huyeron dejaron atrás a dos que ya no pelearían más.

El ansia de sangre se hizo más fuerte que nunca. Era un cazador, una cosa que depredaba, que vivía de las cosas que vivían, sin ayuda, solo, en virtud de su propia fuerza y destreza, sobreviviendo triunfalmente en un entorno hostil en el que sólo sobrevivían los fuertes. A causa de todo esto se sintió poseído por un gran orgullo de sí mismo, que se transmitió como por contagio a su ser físico. Se anunciaba en todos sus movimientos, era evidente en el juego de cada músculo, hablaba claro como un discurso en la forma en que se conducía y hacía que su glorioso pelaje fuera, si cabe, aún más glorioso. De no ser por el color castaño disperso de su hocico y por encima de sus ojos, y por la salpicadura de pelo blanco que le recorría la mitad del pecho, bien podría haber sido confundido con un lobo gigantesco, más grande que los más grandes de la raza. De su padre San Bernardo había heredado tamaño y peso, pero fue su madre pastora quien dio forma a ese tamaño y peso. Su hocico era el largo hocico del lobo, salvo que era más grande que el hocico de cualquier lobo; y su cabeza, algo más ancha, era la cabeza del lobo a gran escala.

Su astucia era astucia de lobo, y astucia salvaje; su inteligencia, inteligencia de pastor e inteligencia de San Bernardo; y todo ello, más una experiencia adquirida en la más feroz de las escuelas, le convertía en una criatura tan formidable como cualquiera que vagara por la naturaleza. Un animal carnívoro que vivía a base de una dieta exclusivamente cárnica, estaba en plena floración, en la marea alta de su vida, rebosante de vigor y virilidad. Cuando Thornton pasó una mano acariciadora por su espalda, un chasquido y un crepitar siguieron a la mano, cada pelo descargando su magnetismo reprimido al contacto. Cada parte, cerebro y cuerpo, tejido nervioso y fibra, estaba afinada al tono más exquisito; y entre todas las partes existía un equilibrio o ajuste perfecto. A las vistas, los sonidos y los acontecimientos que requerían acción, respondía con la rapidez de un relámpago. Tan rápido como un perro husky podía saltar para defenderse de un ataque o para atacar, él podía saltar el doble de rápido. Veía el movimiento, u oía el sonido, y respondía en menos tiempo del que otro perro necesitaría para calcular el mero hecho de ver u oír. Percibía, determinaba y respondía en el mismo instante. En realidad, las tres acciones de percibir, determinar y responder eran secuen-

intervals of time between them that they appeared simultaneous. His muscles were surcharged with vitality, and snapped into play sharply, like steel springs. Life streamed through him in splendid flood, glad and rampant, until it seemed that it would burst him asunder in sheer ecstasy and pour forth generously over the world.

"Never was there such a dog," said John Thornton one day, as the partners watched Buck marching out of camp.

"When he was made, the mould was broke," said Pete.

"Py jingo! I t'ink so mineself," Hans affirmed.

They saw him marching out of camp, but they did not see the instant and terrible transformation which took place as soon as he was within the secrecy of the forest. He no longer marched. At once he became a thing of the wild, stealing along softly, cat-footed, a passing shadow that appeared and disappeared among the shadows. He knew how to take advantage of every cover, to crawl on his belly like a snake, and like a snake to leap and strike. He could take a ptarmigan from its nest, kill a rabbit as it slept, and snap in mid air the little chipmunks fleeing a second too late for the trees. Fish, in open pools, were not too quick for him; nor were beaver, mending their dams, too wary. He killed to eat, not from wantonness; but he preferred to eat what he killed himself. So a lurking humor ran through his deeds, and it was his delight to steal upon the squirrels, and, when he all but had them, to let them go, chattering in mortal fear to the treetops.

As the fall of the year came on, the moose appeared in greater abundance, moving slowly down to meet the winter in the lower and less rigorous valleys. Buck had already dragged down a stray part-grown calf; but he wished strongly for larger and more formidable quarry, and he came upon it one day on the divide at the head of the creek. A band of twenty moose had crossed over from the land of streams and timber, and chief among them was a great bull. He was in a savage temper, and, standing over six feet from the ground, was as formidable an antagonist as even Buck could desire. Back and forth the bull tossed his great palmated antlers, branching to fourteen points

ciales; pero los intervalos de tiempo entre ellas eran tan infinitesimales que parecían simultáneas. Sus músculos estaban cargados de vitalidad y entraban en acción bruscamente, como resortes de acero. La vida fluía a través de él en un torrente espléndido, alegre y desenfrenado, hasta que parecía que le iba a hacer estallar en puro éxtasis y derramarse generosamente sobre el mundo.

«Nunca hubo un perro así», dijo John Thornton un día, mientras los socios observaban a Buck marchando fuera del campamento.

«Cuando fue hecho, rompieron el molde», dijo Pete.

«¡Jesucristo! Yo creo lo mismo», afirmó Hans.

Le veían marchar fuera del campamento, pero no veían la instantánea y terrible transformación que tenía lugar en cuanto se encontraba en el secreto del bosque. Ya no marchaba. Al instante se convertía en algo salvaje, que avanzaba sigilosamente, con pies de gato, una sombra pasajera que aparecía y desaparecía entre las sombras. Sabía aprovechar cualquier cobertura, arrastrarse sobre el vientre como una serpiente, y como una serpiente saltar y golpear. Podía arrancar una perdiz de su nido, matar un conejo mientras dormía y despedazar en el aire a las pequeñas ardillas listadas que huían un segundo demasiado tarde hacia los árboles. Los peces, en charcas abiertas, no eran demasiado rápidos para él; ni los castores, remendando sus presas, demasiado cautelosos. Mataba para comer, no por desenfreno; pero prefería comer lo que él mismo mataba. Así que un humor acechante recorría sus actos, y era su deleite atrapar las ardillas y, cuando casi las dominaba, dejarlas marchar, chillando con un miedo mortal hasta las copas de los árboles.

A medida que avanzaba el otoño, los alces aparecían en mayor abundancia, descendiendo lentamente para hacer frente al invierno en los valles más bajos y menos rigurosos. Buck ya había arrastrado a un ternero medio crecido extraviado; pero deseaba fervientemente una presa más grande y formidable, y la encontró un día en la divisoria de la cabecera del arroyo. Una banda de veinte alces había cruzado desde la tierra de los arroyos y los bosques, y el principal de ellos era un gran macho. Estaba en un temperamento salvaje y, erguido a más de seis pies del suelo, era un antagonista tan formidable como incluso Buck podría desear. De un lado a otro, el macho sacudía su gran cornamenta palmada,

and embracing seven feet within the tips. His small eyes burned with a vicious and bitter light, while he roared with fury at sight of Buck.

From the bull's side, just forward of the flank, protruded a feathered arrow-end, which accounted for his savageness. Guided by that instinct which came from the old hunting days of the primordial world, Buck proceeded to cut the bull out from the herd. It was no slight task. He would bark and dance about in front of the bull, just out of reach of the great antlers and of the terrible splay hoofs which could have stamped his life out with a single blow. Unable to turn his back on the fanged danger and go on, the bull would be driven into paroxysms of rage. At such moments he charged Buck, who retreated craftily, luring him on by a simulated inability to escape. But when he was thus separated from his fellows, two or three of the younger bulls would charge back upon Buck and enable the wounded bull to rejoin the herd.

There is a patience of the wild—dogged, tireless, persistent as life itself—that holds motionless for endless hours the spider in its web, the snake in its coils, the panther in its ambuscade; this patience belongs peculiarly to life when it hunts its living food; and it belonged to Buck as he clung to the flank of the herd, retarding its march, irritating the young bulls, worrying the cows with their half-grown calves, and driving the wounded bull mad with helpless rage. For half a day this continued. Buck multiplied himself, attacking from all sides, enveloping the herd in a whirlwind of menace, cutting out his victim as fast as it could rejoin its mates, wearing out the patience of creatures preyed upon, which is a lesser patience than that of creatures preying.

As the day wore along and the sun dropped to its bed in the northwest (the darkness had come back and the fall nights were six hours long), the young bulls retraced their steps more and more reluctantly to the aid of their beset leader. The down-coming winter was harrying them on to the lower levels, and it seemed they could never shake off this tireless creature that held them back. Besides, it was not the life of the herd, or of the young bulls, that was threatened. The life of only one member was demanded, which was a remoter interest than

que se ramificaba en catorce puntas y abarcaba siete pies en las puntas. Sus pequeños ojos ardían con una luz viciosa y amarga, mientras rugía de furia al ver a Buck.

Del costado del macho, justo por delante del flanco, sobresalía una punta de flecha emplumada, lo que explicaba su salvajismo. Guiado por ese instinto que le venía de los viejos días de caza del mundo primordial, Buck procedió a apartar al macho de la manada. No era una tarea fácil. Ladraba y bailaba delante del macho, justo fuera del alcance de la gran cornamenta y de las terribles pezuñas que podrían haberle arrancado la vida de un solo golpe. Incapaz de dar la espalda al peligro de los colmillos y seguir adelante, el macho entraba en paroxismos de furia. En esos momentos embestía a Buck, que retrocedía astutamente, atrayéndole con una simulada incapacidad para escapar. Pero cuando se separaba así de sus compañeros, dos o tres de los machos más jóvenes volvían a embestir a Buck y permitían que el macho herido se reincorporara a la manada.

Hay una paciencia de los salvajes, incansable, persistente como la vida misma, que mantiene inmóvil durante horas interminables a la araña en su tela, a la serpiente en sus bucles, a la pantera en su emboscada; esta paciencia pertenece peculiarmente a la vida cuando caza su alimento vivo; y pertenecía a Buck mientras se aferraba al flanco de la manada, retrasando su marcha, irritando a los machos jóvenes, preocupando a las vacas con sus terneros a medio crecer y enloqueciendo de rabia impotente al macho herido. Durante medio día esto continuó. Buck se multiplicó, atacando por todos lados, envolviendo a la manada en un torbellino de amenaza, cercenando a su víctima tan rápido como podía reunirse con sus compañeros, agotando la paciencia de las criaturas presa, que es una paciencia menor que la de las criaturas predadoras.

A medida que avanzaba el día y el sol caía a su lecho en el noroeste (la oscuridad había vuelto y las noches de otoño duraban seis horas), los jóvenes machos volvían sobre sus pasos cada vez más a regañadientes en ayuda de su acosado líder. El invierno que se avecinaba los acosaba hacia los niveles más bajos y parecía que nunca podrían deshacerse de esa criatura incansable que los retenía. Además, no era la vida de la manada, ni la de los novillos, la que estaba amenazada. Se exigía la vida de un solo miembro, que era un interés más remoto que sus vidas, y al final

their lives, and in the end they were content to pay the toll.

As twilight fell the old bull stood with lowered head, watching his mates—the cows he had known, the calves he had fathered, the bulls he had mastered—as they shambled on at a rapid pace through the fading light. He could not follow, for before his nose leaped the merciless fanged terror that would not let him go. Three hundredweight more than half a ton he weighed; he had lived a long, strong life, full of fight and struggle, and at the end he faced death at the teeth of a creature whose head did not reach beyond his great knuckled knees.

From then on, night and day, Buck never left his prey, never gave it a moment's rest, never permitted it to browse the leaves of trees or the shoots of young birch and willow. Nor did he give the wounded bull opportunity to slake his burning thirst in the slender trickling streams they crossed. Often, in desperation, he burst into long stretches of flight. At such times Buck did not attempt to stay him, but loped easily at his heels, satisfied with the way the game was played, lying down when the moose stood still, attacking him fiercely when he strove to eat or drink.

The great head drooped more and more under its tree of horns, and the shambling trot grew weak and weaker. He took to standing for long periods, with nose to the ground and dejected ears dropped limply; and Buck found more time in which to get water for himself and in which to rest. At such moments, panting with red lolling tongue and with eyes fixed upon the big bull, it appeared to Buck that a change was coming over the face of things. He could feel a new stir in the land. As the moose were coming into the land, other kinds of life were coming in. Forest and stream and air seemed palpitant with their presence. The news of it was borne in upon him, not by sight, or sound, or smell, but by some other and subtler sense. He heard nothing, saw nothing, yet knew that the land was somehow different; that through it strange things were afoot and ranging; and he resolved to investigate after he had finished the business in hand.

At last, at the end of the fourth day, he pulled the great moose down. For a day and a night he remained by the kill, eating and sleeping, turn and turn about. Then, rested, refreshed and strong, he turned

se contentaron con pagar el peaje.

Al caer el crepúsculo, el viejo macho se quedó de pie con la cabeza baja, observando a sus compañeros —las vacas que había conocido, los terneros que había engendrado, los machos que había domado— mientras avanzaban a paso rápido a través de la luz mortecina. No podía seguirlos, pues ante su nariz saltaba el despiadado terror con colmillos que no le dejaría marchar. Pesaba trescientas libras más de media tonelada; había vivido una vida larga y fuerte, llena de lucha y pelea, y al final se enfrentaba a la muerte a dentelladas de una criatura cuya cabeza no llegaba más allá de sus grandes rodillas con nudillos.

A partir de entonces, noche y día, Buck nunca abandonó a su presa, nunca le dio un momento de descanso, nunca le permitió ramonear las hojas de los árboles o los brotes de los jóvenes abedules y sauces. Tampoco dio al macho herido la oportunidad de saciar su ardiente sed en los esbeltos arroyos que cruzaban. A menudo, desesperado, emprendía largas huidas. En esos momentos Buck no intentaba detenerlo, sino que trotaba con facilidad pisándole los talones, satisfecho con la forma en que se desarrollaba el juego, tumbándose cuando el alce se quedaba quieto, atacándolo ferozmente cuando intentaba comer o beber.

La gran cabeza caía cada vez más bajo su árbol de cuernos, y el trote vacilante se hacía cada vez más débil. Se acostumbró a permanecer de pie durante largos periodos, con la nariz pegada al suelo y las orejas abatidas y caídas sin fuerzas; y Buck encontró más tiempo para abastecerse de agua y para descansar. En esos momentos, jadeando con la lengua enrojecida y con los ojos fijos en el gran macho, a Buck le parecía que se estaba produciendo un cambio en la faz de las cosas. Podía sentir un nuevo revuelo en la tierra. A medida que los alces se adentraban en la tierra, otros tipos de vida también lo hacían. El bosque, el arroyo y el aire parecían palpitar con su presencia. La noticia le llegó, no por la vista, ni por el oído, ni por el olfato, sino por algún otro sentido más sutil. No oyó nada, no vio nada, pero supo que la tierra era de algún modo diferente; que a través de ella se movían y recorrían cosas extrañas; y resolvió investigar después de haber terminado el asunto que tenía entre manos.

Por fin, al final del cuarto día, derribó al gran alce. Durante un día y una noche permaneció junto a la presa, comiendo y durmiendo, dando vueltas y más vueltas. Luego, descansado, refrescado y fuerte, volvió la

his face toward camp and John Thornton. He broke into the long easy lope, and went on, hour after hour, never at loss for the tangled way, heading straight home through strange country with a certitude of direction that put man and his magnetic needle to shame.

As he held on he became more and more conscious of the new stir in the land. There was life abroad in it different from the life which had been there throughout the summer. No longer was this fact borne in upon him in some subtle, mysterious way. The birds talked of it, the squirrels chattered about it, the very breeze whispered of it. Several times he stopped and drew in the fresh morning air in great sniffs, reading a message which made him leap on with greater speed. He was oppressed with a sense of calamity happening, if it were not calamity already happened; and as he crossed the last watershed and dropped down into the valley toward camp, he proceeded with greater caution.

Three miles away he came upon a fresh trail that sent his neck hair rippling and bristling. It led straight toward camp and John Thornton. Buck hurried on, swiftly and stealthily, every nerve straining and tense, alert to the multitudinous details which told a story—all but the end. His nose gave him a varying description of the passage of the life on the heels of which he was travelling. He remarked the pregnant silence of the forest. The bird life had flitted. The squirrels were in hiding. One only he saw,—a sleek gray fellow, flattened against a gray dead limb so that he seemed a part of it, a woody excrescence upon the wood itself.

As Buck slid along with the obscureness of a gliding shadow, his nose was jerked suddenly to the side as though a positive force had gripped and pulled it. He followed the new scent into a thicket and found Nig. He was lying on his side, dead where he had dragged himself, an arrow protruding, head and feathers, from either side of his body.

A hundred yards farther on, Buck came upon one of the sled-dogs Thornton had bought in Dawson. This dog was thrashing about in a death-struggle, directly on the trail, and Buck passed around him without stopping. From the camp came the faint sound of many

cara hacia el campamento y hacia John Thornton. Emprendió el largo y fácil trote y siguió adelante, hora tras hora, sin perderse nunca en el enmarañado camino, dirigiéndose directamente a casa a través del extraño país con una certeza de dirección que avergonzaba al hombre y a su aguja magnética.

A medida que aguantaba, era cada vez más consciente del nuevo revuelo que se producía en la tierra. Había en ella una vida diferente de la que había habido durante todo el verano. Este hecho ya no lo percibía de algún modo sutil y misterioso. Los pájaros hablaban de ello, las ardillas parloteaban, la propia brisa susurraba al respecto. Varias veces se detuvo y aspiró el aire fresco de la mañana en grandes bocanadas, lo que le hizo avanzar con mayor rapidez. Le oprimía la sensación de que iba a ocurrir una calamidad, si es que no había ocurrido ya; y cuando cruzó la última divisoria de aguas y descendió por el valle hacia el campamento, procedió con mayor cautela.

A tres millas de distancia se topó con un nuevo rastro que le erizó el vello de la nuca. Llevaba directamente hacia el campamento y hacia John Thornton. Buck se apresuró a seguirlo, rápido y sigiloso, con todos los nervios aguzados y tensos, alerta a los multitudinarios detalles que contaban una historia... toda menos el final. Su olfato le proporcionó una variada descripción del paso de la vida sobre cuyos talones viajaba. Observó el silencio preñado del bosque. La vida de los pájaros había aleteado. Las ardillas estaban escondidas. Sólo vio una... un individuo gris y lustroso, aplastado contra una rama gris muerta, de modo que parecía formar parte de ella, una excrecencia leñosa sobre la propia madera.

Mientras Buck se escurría con la oscuridad de una sombra que se desliza, su nariz fue sacudida bruscamente hacia un lado como si una fuerza positiva la hubiera agarrado y tirado de ella. Siguió el nuevo olor hasta un matorral y encontró a Nig. Estaba tumbado de lado, muerto por donde se había arrastrado, con una flecha sobresaliendo, cabeza y plumas, a ambos lados de su cuerpo.

Cien yardas más adelante, Buck se topó con uno de los perros de trineo que Thornton había comprado en Dawson. Este perro se agitaba en una lucha mortal, directamente sobre la pista, y Buck pasó a su alrededor sin detenerse. Desde el campamento llegaba el débil sonido de

voices, rising and falling in a sing-song chant. Bellying forward to the edge of the clearing, he found Hans, lying on his face, feathered with arrows like a porcupine. At the same instant Buck peered out where the spruce-bough lodge had been and saw what made his hair leap straight up on his neck and shoulders. A gust of overpowering rage swept over him. He did not know that he growled, but he growled aloud with a terrible ferocity. For the last time in his life he allowed passion to usurp cunning and reason, and it was because of his great love for John Thornton that he lost his head.

The Yeehats were dancing about the wreckage of the spruce-bough lodge when they heard a fearful roaring and saw rushing upon them an animal the like of which they had never seen before. It was Buck, a live hurricane of fury, hurling himself upon them in a frenzy to destroy. He sprang at the foremost man (it was the chief of the Yeehats), ripping the throat wide open till the rent jugular spouted a fountain of blood. He did not pause to worry the victim, but ripped in passing, with the next bound tearing wide the throat of a second man. There was no withstanding him. He plunged about in their very midst, tearing, rending, destroying, in constant and terrific motion which defied the arrows they discharged at him. In fact, so inconceivably rapid were his movements, and so closely were the Indians tangled together, that they shot one another with the arrows; and one young hunter, hurling a spear at Buck in mid air, drove it through the chest of another hunter with such force that the point broke through the skin of the back and stood out beyond. Then a panic seized the Yeehats, and they fled in terror to the woods, proclaiming as they fled the advent of the Evil Spirit.

And truly Buck was the Fiend incarnate, raging at their heels and dragging them down like deer as they raced through the trees. It was a fateful day for the Yeehats. They scattered far and wide over the country, and it was not till a week later that the last of the survivors gathered together in a lower valley and counted their losses. As for Buck, wearying of the pursuit, he returned to the desolated camp. He found Pete where he had been killed in his blankets in the first moment of surprise. Thornton's desperate struggle was fresh-written on the earth, and Buck scented every detail of it down to the edge of a deep pool. By the edge, head and fore feet in the water, lay Skeet, faithful to the last. The pool itself, muddy and discolored from the

muchas voces, que subían y bajaban en un canto melodioso. Adelantándose hasta el borde del claro, encontró a Hans, tendido boca abajo, emplumado de flechas como un puercoespín. En el mismo instante Buck se asomó por donde había estado la cabaña de abetos y vio algo que le erizó el vello del cuello y los hombros. Una ráfaga de rabia desbordante le invadió. No sabía que gruñía, pero gruñó en alto con una ferocidad terrible. Por última vez en su vida permitió que la pasión usurpara la astucia y la razón, y fue a causa de su gran amor por John Thornton que perdió la cabeza.

Los Yeehats danzaban entre los restos de la cabaña de abetos cuando oyeron un rugido espantoso y vieron abalanzarse sobre ellos a un animal como nunca antes habían visto. Era Buck, un huracán vivo de furia, que se lanzaba sobre ellos en un frenesí destructor. Se abalanzó sobre el hombre situado en cabeza (era el jefe de los Yeehats), abriéndole la garganta de par en par hasta que la yugular desgarrada manó una fuente de sangre. No se detuvo a observar a la víctima, sino que desgarró al pasar, con el siguiente salto, la garganta de un segundo hombre. No hubo quien le resistiera. Se precipitó en medio de ellos, desgarrando, rasgando, destruyendo, en un movimiento constante y terrible que desafiaba las flechas que le lanzaban. De hecho, tan inconcebiblemente rápidos eran sus movimientos, y tan enredados estaban los indios, que se disparaban unos a otros con las flechas; y un joven cazador, lanzando una flecha a Buck en el aire, la clavó en el pecho de otro cazador con tal fuerza que la punta atravesó la piel de la espalda y sobresalió más allá. Entonces el pánico se apoderó de los Yeehats y huyeron aterrorizados hacia el bosque, proclamando mientras huían el advenimiento del Espíritu Maligno.

Y realmente Buck era el demonio encarnado, furioso pisándoles los talones y arrastrándolos como ciervos mientras corrían entre los árboles. Fue un día aciago para los Yeehats. Se dispersaron por todo el país y no fue hasta una semana después cuando el último de los supervivientes se reunió en un valle bajo y contaron sus pérdidas. En cuanto a Buck, cansado de la persecución, regresó al campamento desolado. Encontró a Pete donde lo habían matado entre sus mantas en el primer momento de sorpresa. La lucha desesperada de Thornton estaba fresca en la tierra, y Buck olfateó cada detalle de ella hasta el borde de un profundo estanque. Junto al borde, con la cabeza y las patas delanteras en el agua, yacía Skeet, fiel hasta el final. El propio charco, fangoso y desco-

sluice boxes, effectually hid what it contained, and it contained John Thornton; for Buck followed his trace into the water, from which no trace led away.

All day Buck brooded by the pool or roamed restlessly about the camp. Death, as a cessation of movement, as a passing out and away from the lives of the living, he knew, and he knew John Thornton was dead. It left a great void in him, somewhat akin to hunger, but a void which ached and ached, and which food could not fill. At times, when he paused to contemplate the carcasses of the Yeehats, he forgot the pain of it; and at such times he was aware of a great pride in himself,— a pride greater than any he had yet experienced. He had killed man, the noblest game of all, and he had killed in the face of the law of club and fang. He sniffed the bodies curiously. They had died so easily. It was harder to kill a husky dog than them. They were no match at all, were it not for their arrows and spears and clubs. Thenceforward he would be unafraid of them except when they bore in their hands their arrows, spears, and clubs.

Night came on, and a full moon rose high over the trees into the sky, lighting the land till it lay bathed in ghostly day. And with the coming of the night, brooding and mourning by the pool, Buck became alive to a stirring of the new life in the forest other than that which the Yeehats had made. He stood up, listening and scenting. From far away drifted a faint, sharp yelp, followed by a chorus of similar sharp yelps. As the moments passed the yelps grew closer and louder. Again Buck knew them as things heard in that other world which persisted in his memory. He walked to the centre of the open space and listened. It was the call, the many-noted call, sounding more luringly and compellingly than ever before. And as never before, he was ready to obey. John Thornton was dead. The last tie was broken. Man and the claims of man no longer bound him.

Hunting their living meat, as the Yeehats were hunting it, on the flanks of the migrating moose, the wolf pack had at last crossed over from the land of streams and timber and invaded Buck's valley. Into the clearing where the moonlight streamed, they poured in a silvery flood; and in the centre of the clearing stood Buck, motionless as a statue, waiting their coming. They were awed, so still and large he

lorido por las esclusas, ocultaba eficazmente lo que contenía, y contenía a John Thornton; pues Buck siguió su rastro hasta el agua, de donde no había rastro que indicara hacia otro lado.

Todo el día Buck cavilaba junto al estanque o vagaba inquieto por el campamento. Conocía la muerte como un cese del movimiento, como un salir y alejarse de la vida de los vivos, y sabía que John Thornton había muerto. Dejó en él un gran vacío, algo parecido al hambre, pero un vacío que dolía y dolía, y que la comida no podía llenar. A veces, cuando se detenía a contemplar los cadáveres de los Yeehats, olvidaba su dolor; y en esos momentos era consciente de un gran orgullo en sí mismo... un orgullo mayor que cualquiera que hubiera experimentado hasta entonces. Había matado al hombre, la caza más noble de todas, y había matado enfrentándose a la ley del garrote y el colmillo. Olfateó los cuerpos con curiosidad. Habían muerto tan fácilmente. Era más difícil matar a un perro husky que a ellos. No eran rival en absoluto, si no fuera por sus flechas, lanzas y garrotes. A partir de entonces no les temería salvo cuando llevaran en sus manos sus flechas, lanzas y garrotes.

Llegó la noche, y una luna llena se elevó por encima de los árboles hacia el cielo, iluminando la tierra hasta que quedó bañada en un día fantasmal. Y con la llegada de la noche, rumiando y lamentándose junto al estanque, Buck se sintió presa de una agitación de la nueva vida en el bosque distinta de la que habían creado los Yeehats. Se levantó, escuchando y olfateando. Desde muy lejos llegó un aullido débil y agudo, seguido de un coro de aullidos agudos similares. A medida que pasaban los momentos los aullidos se hacían más cercanos y más fuertes. De nuevo Buck las conoció como cosas oídas en ese otro mundo que persistía en su memoria. Caminó hasta el centro del espacio abierto y escuchó. Era la llamada, la llamada de muchos, que sonaba más atrayente y apremiante que nunca. Y como nunca antes, estaba dispuesto a obedecer. John Thornton había muerto. Se había roto el último lazo. El hombre y las pretensiones del hombre ya no le ataban.

Cazando su carne viva, como la cazaban los Yeehats, en los flancos de los alces migratorios, la manada de lobos había cruzado por fin desde la tierra de los arroyos y los bosques e invadido el valle de Buck. Entraron en el claro por donde corría la luz de la luna en un torrente plateado; y en el centro del claro estaba Buck, inmóvil como una estatua, esperando su llegada. Estaban asombrados, tan quieto y corpulento permanecía,

stood, and a moment's pause fell, till the boldest one leaped straight for him. Like a flash Buck struck, breaking the neck. Then he stood, without movement, as before, the stricken wolf rolling in agony behind him. Three others tried it in sharp succession; and one after the other they drew back, streaming blood from slashed throats or shoulders.

This was sufficient to fling the whole pack forward, pell-mell, crowded together, blocked and confused by its eagerness to pull down the prey. Buck's marvellous quickness and agility stood him in good stead. Pivoting on his hind legs, and snapping and gashing, he was everywhere at once, presenting a front which was apparently unbroken so swiftly did he whirl and guard from side to side. But to prevent them from getting behind him, he was forced back, down past the pool and into the creek bed, till he brought up against a high gravel bank. He worked along to a right angle in the bank which the men had made in the course of mining, and in this angle he came to bay, protected on three sides and with nothing to do but face the front.

And so well did he face it, that at the end of half an hour the wolves drew back discomfited. The tongues of all were out and lolling, the white fangs showing cruelly white in the moonlight. Some were lying down with heads raised and ears pricked forward; others stood on their feet, watching him; and still others were lapping water from the pool. One wolf, long and lean and gray, advanced cautiously, in a friendly manner, and Buck recognized the wild brother with whom he had run for a night and a day. He was whining softly, and, as Buck whined, they touched noses.

Then an old wolf, gaunt and battle-scarred, came forward. Buck writhed his lips into the preliminary of a snarl, but sniffed noses with him, whereupon the old wolf sat down, pointed nose at the moon, and broke out the long wolf howl. The others sat down and howled. And now the call came to Buck in unmistakable accents. He, too, sat down and howled. This over, he came out of his angle and the pack crowded around him, sniffing in half-friendly, half-savage manner. The leaders lifted the yelp of the pack and sprang away into the woods. The wolves swung in behind, yelping in chorus. And Buck ran with them, side by side with the wild brother, yelping as he ran.

y se produjo una pausa de un momento, hasta que el más audaz saltó directamente hacia él. Como un relámpago Buck atacó, rompiéndole el cuello. Luego se quedó de pie, sin moverse, como antes, el lobo herido revolcándose en agonía detrás de él. Otros tres lo intentaron en rápida sucesión; y uno tras otro retrocedieron, manando sangre de gargantas u hombros cercenados.

Esto bastó para lanzar a toda la manada hacia delante, en tropel, amontonados, bloqueados y confusos por su afán de derribar a la presa. La maravillosa rapidez y agilidad de Buck le sirvieron de mucho. Pivotando sobre sus patas traseras, y chasqueando y golpeando, estaba en todas partes a la vez, presentando un frente aparentemente ininterrumpido con tanta rapidez con la que giraba y se protegía él un lado a otro. Pero para evitar que se pusieran detrás de él, se vio obligado a retroceder, pasando el charco y adentrándose en el lecho del arroyo, hasta toparse con un alto banco de grava. Avanzó hasta un ángulo recto en el banco que los hombres habían hecho en el curso de la extracción, y en este ángulo se encontró a la defensiva, protegido por tres lados y sin nada que hacer salvo mirar al frente.

Y tan bien lo afrontó, que al cabo de media hora los lobos se retiraron desconcertados. Las lenguas de todos estaban fuera y colgando, los blancos colmillos mostrándose cruelmente blancos a la luz de la luna. Algunos estaban tumbados con la cabeza levantada y las orejas aguzadas hacia delante; otros permanecían de pie, observándole; y otros lamían el agua del estanque. Un lobo, largo y delgado y gris, avanzó cautelosamente, de forma amistosa, y Buck reconoció al hermano salvaje con el que había corrido durante una noche y un día. Gemía suavemente y, mientras Buck gemía, se tocaron las narices.

Entonces un viejo lobo, demacrado y con cicatrices de batalla, se acercó. Buck torció los labios en el preliminar de un gruñido, pero se olfateó las narices con él, con lo que el viejo lobo se sentó, apuntó con la nariz a la luna y prorrumpió en un largo aullido de lobo. Los demás se sentaron y aullaron. Y ahora la llamada llegó a Buck con acentos inconfundibles. Él también se sentó y aulló. Terminado esto, salió de su ángulo y la manada se agolpó a su alrededor, olfateando de forma medio amistosa, medio salvaje. Los líderes elevaron el aullido de la manada y se alejaron corriendo hacia el bosque. Los lobos se arremolinaron detrás, aullando a coro. Y Buck corrió con ellos, codo con codo con el hermano salvaje, aullando mientras corría.

And here may well end the story of Buck. The years were not many when the Yeehats noted a change in the breed of timber wolves; for some were seen with splashes of brown on head and muzzle, and with a rift of white centring down the chest. But more remarkable than this, the Yeehats tell of a Ghost Dog that runs at the head of the pack. They are afraid of this Ghost Dog, for it has cunning greater than they, stealing from their camps in fierce winters, robbing their traps, slaying their dogs, and defying their bravest hunters.

Nay, the tale grows worse. Hunters there are who fail to return to the camp, and hunters there have been whom their tribesmen found with throats slashed cruelly open and with wolf prints about them in the snow greater than the prints of any wolf. Each fall, when the Yeehats follow the movement of the moose, there is a certain valley which they never enter. And women there are who become sad when the word goes over the fire of how the Evil Spirit came to select that valley for an abiding-place.

In the summers there is one visitor, however, to that valley, of which the Yeehats do not know. It is a great, gloriously coated wolf, like, and yet unlike, all other wolves. He crosses alone from the smiling timber land and comes down into an open space among the trees. Here a yellow stream flows from rotted moose-hide sacks and sinks into the ground, with long grasses growing through it and vegetable mould overrunning it and hiding its yellow from the sun; and here he muses for a time, howling once, long and mournfully, ere he departs.

But he is not always alone. When the long winter nights come on and the wolves follow their meat into the lower valleys, he may be seen running at the head of the pack through the pale moonlight or glimmering borealis, leaping gigantic above his fellows, his great throat a-bellow as he sings a song of the younger world, which is the song of the pack.

Y aquí bien puede terminar la historia de Buck. No habían pasado muchos años cuando los Yeehats observaron un cambio en la raza de los lobos de los bosques; pues algunos fueron vistos con salpicaduras de color marrón en la cabeza y el hocico, y con una hendidura de color blanco centrada en el pecho. Pero más notable que esto, los Yeehats hablan de un Perro Fantasma que corre a la cabeza de la manada. Tienen miedo de este Perro Fantasma, porque tiene una astucia mayor que ellos, robando en sus campamentos en los inviernos feroces, arruinando sus trampas, matando a sus perros y desafiando a sus cazadores más valientes.

No, la historia empeora. Hay cazadores que no regresan al campamento, y ha habido cazadores a los que sus compañeros de tribu encontraron con las gargantas cruelmente abiertas y con huellas de lobo a su alrededor en la nieve, más grandes que las huellas de cualquier lobo. Cada otoño, cuando los Yeehats siguen el movimiento de los alces, hay cierto valle en el que nunca entran. Y hay mujeres que se entristecen cuando corre la voz alrededor de la hoguera de cómo el Espíritu Maligno llegó a elegir ese valle como morada.

En los veranos hay un visitante, sin embargo, en ese valle, del que los Yeehats no saben nada. Es un lobo grande, de pelaje glorioso, como todos los demás lobos y, sin embargo, distinto a ellos. Cruza solo desde la sonriente tierra maderera y desciende a un espacio abierto entre los árboles. Aquí un arroyo amarillo fluye desde sacos podridos de piel de alce y se hunde en el suelo, con largas hierbas creciendo a través de él y moho vegetal cubriéndolo y ocultando su amarillo del sol; y aquí medita durante un tiempo, aullando una vez, larga y lúgubremente, antes de partir.

Pero no siempre está solo. Cuando llegan las largas noches de invierno y los lobos siguen su carne hacia los valles más bajos, se le puede ver corriendo a la cabeza de la manada a través de la pálida luz de la luna o de las resplandecientes boreales, saltando gigantesco por encima de sus congéneres, con su gran garganta rugiendo mientras canta una canción del mundo joven, que es la canción de la manada.

Rosetta Edu

CLÁSICOS EN ESPAÑOL

Esperamos que haya disfrutado esta lectura. ¿Quiere leer otra obra de nuestra colección de *Clásicos en español*?

En nuestro Club del Libro encontrarás artículos relacionados con los libros que publicamos y la literatura en general. ¡Suscríbete en nuestra página web y te ofrecemos un ebook gratis por mes!

Recibe tu copia totalmente gratuita de nuestro *Club del libro* en rosettaedu.com/pages/club-del-libro

Rosetta Edu

CLÁSICOS EN ESPAÑOL

Una habitación propia se estableció desde su publicación como uno de los libros fundamentales del feminismo. Basado en dos conferencias pronunciadas por Virginia Woolf en colleges para mujeres y ampliado luego por la autora, el texto es un testamento visionario, donde tópicos característicos del feminismo por casi un siglo son expuestos con claridad tal vez por primera vez.

Oscar Wilde escribe una sola novela, *El retrato de Dorian Gray*, ésta fue el objeto de una crítica moralizante mordaz por parte de sus contemporáneos que no pudieron ver que dentro de una trama perfectamente compuesta se escondía toda la tragedia del romanticismo. Cien años después no ha perdido su impacto original y sigue siendo un texto fundamental para los debates sobre la estética y la moral.

Otra vuelta de tuerca es una de las novelas de terror más difundidas en la literatura universal y cuenta una historia absorbente, siguiendo a una institutriz a cargo de dos niños en una gran mansión en la campiña inglesa que parece estar embrujada. Los detalles de la descripción y la narración en primera persona van conformando un mundo que puede inspirar genuino terror.

rosettaedu.com

Rosetta Edu

EDICIONES BILINGÜES

En una atmósfera constante de misterio y amenaza, *El corazón de las tinieblas* narra el peligroso viaje de Marlow por un río (sin duda el Congo aunque no es nombrado en el relato) africano. Lo que el marino puede observar en su viaje le horroriza, le deja perplejo, y pone en tela de juicio las bases mismas de la civilización y la naturaleza humana.

Durante décadas, y acercándose a su centenario, *El gran Gatsby* ha sido considerada una obra maestra de la literatura y candidata al título de «Gran novela americana» por su dominio al mostrar la pura identidad americana junto a un estilo distinto y maduro. La edición bilingüe permite apreciar los detalles del texto original y constituye un paso obligado para aprender el inglés en profundidad.

En *La señora Dalloway* Virginia Woolf relata un día en la vida de Clarissa Dalloway, una señora de la clase alta casada con un miembro del parlamento inglés, y de un ex-combatiente que lucha contra su enfermedad mental. La innovación de la novela es la corriente de consciencia: Woolf sigue el pensamiento de cada personaje, siendo excelente a la hora de narrar emociones, asociaciones y sentimientos.

rosettaedu.com